死にかけ探偵と殺せない殺し屋

「しにかけたんていところせないころしや」

真坂マサル

MASARU MASAKA

プロローグ

PROLOGUE

日本に探偵が何人いるか知ってるか？

先に言っておくが、浮気調査をしているような奴らの事じゃないぞ。俺から言わせればそういう奴らは紛い物、ただの探偵だ。香りマツタケ味シメジの『シメジ』がスーパーで売っているブナシメジの事じゃないのと同じ。本物の探偵とは、警察に代わって難事件を解決する『名』と頭につけざるをえない者の事をさすんだ。

そいつは一人しかいない。そう、俺様、東馬京、ただ一人だ。探偵界のホンシメジ。

なんだ、疑っているのか。では、俺の腕前を軽く披露してやろう。

ちょうど今、俺の足元に死体がある。初見では、難事件ってわけでもなさそうだが、推理力を測るにはこれぐらいがいいだろう。

——ここは高級マンションの地下駐車場。

二十代半ばの男が血溜まりを作り、うつ伏せで倒れている。どうやら俺が一番乗りらしい。周囲には誰もいない。ざっと見まわしたところ、監視カメラが五台確認できるが、男が倒れている場所は、その全てから死角になっているようだ。

死体を見てみよう。出血は左胸から貫通した銃痕によるものだ。銃弾は近くのコンクリートの柱に埋まっている。９ミリ弾だから拳銃だろう。ここはかなり音が反響しそうだが、誰も駆けつけていないところを見ると、拳銃に消音器でもつけていたか。

監視カメラの位置も計算に入れていたとなると――プロの殺し屋による犯行。

いや……そうでもないか。死体をさらに詳しく調べてみれば、銃弾は心臓をわずかに外れている。即死ではなかったようだ。犯人はプロではあるが二流。

ん？　よく見れば、男の左手首に裂傷がある。さらに男の右手には十徳ナイフが握られている。これはどういう事だ。殺し屋が、自殺に見せかけようと握らせたか。いや、拳銃を使っておいてそれはありえない。何か他に手がかりはないか……。

左手首の近くに何か落ちているぞ。とても小さな米粒くらいのサイズ。これは、マイクロチップだ。ＧＰＳ発信器と振動センサーが内蔵されているようだ。

男はこれを左手首から取り出すために、十徳ナイフを使ったのか。脈が感知できなくなれば、どこかに通知される仕組みになっているようだ。となると、殺し屋が二流なのではなく、この男が只者ではないという事か。

いよいよ、この男の素性が気になってくる。顔はよく見れば精悍で男前だが、身なりには気を使わない性格のようだ。無精髭に寝ぐせがついたボサボサの髪。服装は、くたびれたジャケットにジーンズ、汚れが酷いスニーカー。

ジーンズのポケットから何かがはみ出ている。車のキー。男の隣に停めてある車のものだろう。この地下駐車場には来客用のスペースも別にあるから、男はこのマンシヨンの住人で間違いないようだ。それにしても男の車は、服装同様かなり年季が入っている。周囲の車が高級車ばかりなので余計に目立つ。

もしかすると、男は内面に大きな自信を持っているのかもしれない。そのせいで外面がなおざりになっているのではないか。頭が良すぎる者に見られる特徴の一つだ。

――よし、これらの情報をもとに、犯行の瞬間を再現してみよう。

男は、どこかに出かけるために地下駐車場へ下りた。そこに殺し屋が現れる。殺し屋は事前に下調べをしており、監視カメラの死角となっている場所で待ち構えていた。そして、消音器がついた拳銃を構える。

だが男に逃げた形跡は見られない。どころか、言葉巧みに殺し屋を翻弄する。そのせいで殺し屋は、惑わされ狙いを少し外してしまう。それでも即死を免れたというだけで傷は深い。男は一度膝をついた後、うつ伏せに倒れる。

男は瀕死の状態ながら、持っていた十徳ナイフで自ら左手首を切る。『誰かに殺されるのはごめんだ。死ぬのなら自分の手で死にたい』などと言いながら。そこに隠されているチップを取り出し、助けを呼ぶために。

そして殺し屋は、まんまと騙されその場を立ち去る。

――と、いったところか。……おい待て、今、男が微かに動かなかったか？

脈はどうだ。ある、あるじゃないか！　男は死んでいないぞ、まだ生きている！

誰か、早く来てくれ！　……くそ、どうして誰も来ないんだ。助けを呼びに行くか。……ん？　なんだ、足がもつれる、歩きにくいぞ。おい、なんだこれは？　地面がいつの間にか砂利になっている。ここは――川原？

川の向こうに、誰かいる。あれは、死んだじいちゃんとばあちゃんだ。

あぁ、そうか……。そうだ、そうだった。撃たれたのは、俺だった。

やばい、このままじゃ本当に死んじまう。探偵がどうとか言っている場合じゃなかった。考えろ意識が消えたら終わりだ。たしかに俺を撃ったのは殺し屋だった。一見、どこにでもいるボンボンの大学生みたいな顔立ちだったが、あれはたしかに本物の殺し屋だ。だが、どうして俺が殺し屋に狙われなくちゃいけない。誰が、殺し屋を雇った？　いてっ！　なんで、じいちゃんとばあちゃんが、俺に向かって石を投げてくるんだ。えっ、こっちに来るな？　あぁ、まだ死ぬなって事か。違う？　お前が来るとあの世が滅茶苦茶になるから？　なんだよ、くそっ！　身内にすら嫌われているんじゃ、誰が殺しを依頼したかなんて分かるはずがないだろ。

くそっ、死にたくねぇ。絶対あの殺し屋許さねぇからな。って死んだら許すも許さねぇもねぇか。早く誰か来いよ。あぁ、ちくしょう。……意識が――――。

第一章

『アライグマは、足を洗う』

1

朝七時半。御堂禅（みどうぜん）は、仕事がなければ毎日その時間に起床する。

いかなる場合でもだ。夏であろうと冬であろうと、たとえ前日の仕事が忙しく朝五時まで起きていたとしても、たとえ鈴虫が大発生し夜通し鳴き続け寝苦しかったとしても。自らが定めたルーティーンに従う事を何よりも大切にしている。

厳格（げんかく）である事は自覚している。つい先日も仕事のパートナーから指摘された。

——朝の七時半は早起きよ、と。

正確にはこう言われた。

『あなたは、独身の一人暮らしで二十二歳と若く、別に時間を有意義に使いたいわけでも予定が詰まっているわけでもなく、ましてや早起き推進委員会に見張られているわけでもないのに、休みの日に朝の七時半に起きるのは、早起きだわ。鶏（にわとり）じゃないんだから』

たしかにそうかもしれない。『早起き推進委員会』なるものが本当に存在しているのか、鶏からすれば朝の七時半は遅起きなのではないか、と気になるところはいくつかあったが、パートナーが言いたい事は理解できる。御堂の仕事は、非常に過酷なもので終わった後は毎回、肉体的にも精神的にもボロボロになってしまう。だからこそ、休日はゆっくりと時間をかけて療養するべきだと気遣ってくれているのだ。

　だが御堂にも言い分がある。御堂にとっての療養、癒しとは、長く眠る事ではなく、規則正しい日常を送る事なのだ。それが安心に繋がる。自分自身をコントロールできていると。この場所が——非日常ではないと。

　だから御堂は、誰に何を言われようと習慣を変えたりはしない。

　仕事がなければ朝七時半に必ず起床する。

　耳元で音楽が鳴っている。携帯電話のアラーム機能だ。曲は、エリック・サティの中からランダムに選ばれている。エリック・サティは、育ての父親が好きで子どもの頃から聴いていたので目覚めがいい。御堂は元々眠りが浅いほうなので、小鳥が囀るほどの音量で構わない。目を開くと天井が見える。姿勢は眠る前と寸分違わない。計ったようにベッドの中央で、仰向けで体を真っ直ぐにし両腕だけ布団から出している。

　さぁ、一日の始まり、ルーティーンの始まりだ。

　起き上がると、まずは軽くベッドメイキングをする。シーツの皺を伸ばし枕と布団を整える。そして、部屋の中を一通り歩き確認する。二つの絵を見比べて間違い探しをするように、寝る前に記憶した光景と同じかどうか細かく調べていく。チェック項目は、全部で二十七ある。携帯電話のエリック・サティはそのまま流し続ける。

御堂の部屋は、１ＬＤＫで一人暮らしにしてはやや広めだが物はほとんどない。一時間後に引っ越せと言われても全く困らないほどだ。フィギュアをテレビ台に飾ったりしていないし、ビニール傘を玄関に何本も立てかけたりもしていない。必要な物が必要な分あるだけだ。

リビングには、小さなテレビとベッド、ローテーブル。そのローテーブルには、黒ぶち眼鏡(めがね)と分厚い動物図鑑(ずかん)が一冊置かれている。

動物図鑑は、子どもの頃に育ての父親から貰(もら)った物で、もはやそこに何が書かれてあるのか一字一句覚えているが、それでも一日に一度は目を通している。

眼鏡は伊達(だて)だ。一度仕事で使った際、なぜかしっくりきてしまい、以降どこへ行くのにもかけるのが当たり前になってしまった。

クローゼットには、綺麗(きれい)に折りたたまれた服と下着、そして外出するときに使うショルダーバッグが仕舞(しま)われている。下着は全て同じ物で統一してある。服はさすがに同じ物ではないが、どれも地味な物なのであまり違いはない。だが、衣服にこだわりがないわけではない。地味というだけでどれも洗練されたデザインだし、自分の体形にフィットした物を選ぶようにしている。

キッチンは、明らかに他の箇所よりも物がたくさん置かれており生活感が滲み出ている。御堂の数少ない趣味の一つが料理だからだ。シンクとコンロの間には様々な調理器具と調味料があり、冷蔵庫にはぎっしりと食品が詰まっている。

さらにトイレとバスルーム、そして玄関……。御堂は、全ての確認作業を終える。今日も特別、おかしなところはなかった。部屋に関しては——。

洗面所に行き顔を洗う。鏡に映る自分の顔をたしかめる。だが部屋ほど細かくは見ない。御堂は自分の顔があまり好きではなかった。童顔で中性的な顔立ちをしており一人前の男としてふさわしくないように思える。だから、すぐに鏡から目線を外す。

顔をタオルで拭くと、キッチンに移動し、やかんで温めた白湯を一杯飲む。

そしてリビングに戻ると、エリック・サティを聴きながらフローリングの上で入念なストレッチを始める。今度は、体全体の確認作業だ。シャツを脱ぐと、その顔つきからはおよそ想像できない引き締まった体が露わになる。体には無数の古い傷が刻まれている。どれも仕事中か修業期間についたものだ。

ストレッチをしばらく続けていると、すぐに汗を掻き始める。それは一時間もすれば水溜まりを作るほどになるのだが——。

「おい、早く驚けよ」

背後から突然声をかけられた。

御堂は、体をぴたりと止める。鼓動がやや速まっている。鼻から大きく息を吸いこみ、また吐き出す。まさか話しかけられるとは思いもしなかった。まさに、今驚きましたと言いたい気分だ。

実は、先程から、ずっとおかしなものが見えていた。いや、『先程』どころか目を覚ましてからずっと見えていた。開口一番ならぬ開眼一番で、目を開くと目の前にそれがいたのだ。パートナーが言っていた『早起き推進委員会』が一瞬頭をよぎったが、それにしてはいささか奇妙な姿をしていた。

それは、部屋の確認作業をしている間も、ずっと御堂の側にいた。無言でこちらを見つめていた。顔を洗っているときも鏡越しに。それでも御堂は、それを放置しておく事にした。日常を取り戻す作業のほうが大事だったからだ。今は、非日常と向きあう時間ではない。そのうちに消えるのではないかという甘い期待もあった。

御堂は、とりあえず無視をして再びストレッチに集中する事にする。だが——。

「いや、だから無視するなって。お前俺の事が見えているんだろ、何度か目があったもんな」

と、またしてもおかしな何かは、話しかけてくる。しかも今度は、御堂の目の前へと移動して来る。ここまで干渉してくるのか。どうやら、これ以上この問題を保留にしておく事はできないらしい。御堂は、一つため息を吐くとおかしな何かと目をあわせる。

それは、プカプカと宙を漂う体の透けた男だった。

御堂は、すぐにこのおかしな何かを『幻覚』だと決めつけた。部屋におかしなものがいるのではなく、自分がおかしくなったのだと。仕事で疲れているのだと。御堂の仕事はそれほど過酷なものだ。だからこそ、ルーティーンを最優先した。日常を取り戻せば、精神も平常に戻るのではないかと思ったのだ。

御堂が黙って観察していると、おかしな何かは「というかお前なんでそこまで冷静でいられるんだよ」と不満そうに言ってくる。

「目を覚ましたら昨日自分が殺した奴が枕元に立っていたら、まず『うわぁ！』って飛び起きるだろう。なんで、俺を無視して部屋を見回ってんだよ。恐怖で慄いて、凍りつけよ。なんで、ストレッチしてじんわり汗掻いてんだよ。お前正気か？」

異常な存在に『お前は正気か』と言われても、あなたを見ているのだから正気ではないのかもしれません、と返すしかないのだが、たしかに目の前の男は御堂が昨日殺した男と同じ姿をしている。

　ボサボサ髪に無精髭、よれよれのジャケットにジーンズに履き潰されたスニーカー。昨晩殺した探偵の東馬京そのものだ。

　――宙を浮いている事と体が透けている事を別にすれば。

　だが、昨日殺した男が目の前に現れたぐらいで御堂は声をあげたりはしない。

「すいません、あなたは僕の幻覚ですよね？」

と冷静に問いかけてみる。幻覚に『幻覚ですか？』と尋ねる事ほど滑稽な事はないのは分かっているが、自分自身に語りかける感覚でこの状況を自己分析する事にしたのだ。

「おいおい、なんで俺が幻覚になるんだよ。あのな、幻覚っていうのはパニックになっている奴が見るもんだろ。お前今、慌てているか？　いたって冷静だろ」

「いえ。幻覚は、自分では冷静だと思っていても見たりしますよ」

「あー言えばこう言うんじゃねーよ。俺のこの姿をちゃんと見ろよ。普通は幽霊を疑うだろうが」

　昨日殺した男がスケスケの体で現れている時点で何が普通かを論ずるのは難しいと

思うのだが、御堂からすればこの東馬京の姿をした何かは幽霊と呼ぶには少々物足りないように思える。たしかに宙を浮き体も透けているが、足はあるし血だらけというわけでもないからだ。それこそ、一般的な普通の幽霊の姿とも違うのではないか。

それに――。「幽霊にしては、怨念のようなものが足りない気がするんですが」

東馬の姿をした何かは不満気な表情こそ浮かべているが、憎悪と呼ぶほどのものでもない。

「いやいや、お前の事を無茶苦茶恨んでいるよ。実際にお前が寝ていたときに、こうして首を絞めようとしたんだけどな」

と東馬の姿をした何かは右腕を御堂の顔めがけて振ってくる。だが御堂は上半身だけ反らし躱す。

「おい、何よけてんだよ。話が進まないだろ」

そう言われても体が無意識に動いたのだから仕方がない。

「まぁいいや」と東馬の姿をした何かは、今度はテーブルに向かって右腕を振る。

するとその右腕は、テーブルもその上に置かれた伊達眼鏡も動物図鑑もするっと通過して行く。

「なっ、俺の体はありとあらゆる物に触れられないんだ。だから、お前の首も絞めようと思ったけど何もできなかったんだよ。というかな、お前何俺を殺しておいて、普通にぐーすか寝てんだよ。おかしいだろ。ほら――」

と東馬の姿をしたおかしな何かは、顔を近づけてきてくんくんと嗅いでくる。幻覚であるにしても幽霊であるにしても、嗅覚があるんだなと御堂は思う。

「酒の匂いもしねぇじゃねぇか」

「――どうして、僕がお酒を飲まないといけないんですか。そもそも、お酒飲めないんですが」

「飲めない酒を飲むくらい思い悩めって言ってんだよ」

「ですが、睡眠薬は飲みましたよ。仕事を終えた日は、やはり気が張っているんで」

「えっ、あっ、おぉ、そうか。まぁ、それなら……って、いやそうじゃねぇよ！　というか、お前今、『仕事』って言ったな。っていう事は、お前は――」

「ええ」

幻覚にわざわざたしかめられなくとも、御堂は――プロの殺し屋だ。

「殺し屋だったら、なおさら俺が幻覚だと決めつけるのはおかしいだろ。お前、俺を殺して心が痛んだか？」

「いえ全く」

「即答はやめろよ、俺が傷つくだろ。まぁ……いいや、ともかくお前は誰を殺しても罪悪感を抱かない、そうだろ？」

「いえ、それは違います」御堂はきっぱりと否定する。「これまでの仕事で何度か思い悩んだ瞬間はありました。今回は、特に何も思わなかったというだけです。あなたはなんというか、周囲からとても嫌われていたんで」

東馬の姿をした何かは、ハッと鼻で笑う。

「何を言ってやがる。それじゃあ、まるで俺が殺されても誰も悲しむ人がいないみたいじゃねーか」

「ええ、僕が調べた限りではそうでした。むしろ『あいつ死なないかな』って言っている人のほうが多かったです」

「はっ？　誰だよそんな事言った奴」

「誰だよと言われても、数えきれないくらいいました」

これは事実だ。東馬京は、数多くの難事件を解決してきた名探偵だが、その口の悪さから世間の好感度は恐ろしく低く、『嫌われ探偵』と呼ばれているほどだ。

「あっそ。まっ、まぁ……だったらなおさら、お前が思い悩んでねぇっていうんだったら、俺は幻覚じゃねーだろ。幻覚じゃないって事は、やっぱり俺は幽霊だ！　名探偵の幽霊だ！」

　東馬の姿をした何かは、さらりと論点をすり替え、開き直りともとれる態度で胸を張る。御堂は思わずため息を吐きそうになる。

「およそ名探偵とは思えない非論理的（ひろんりてき）な主張ですね」

「いいんだよ、時には突飛（とっぴ）な発想も必要なんだ。大体、もし俺がお前の幻覚だったら、俺が今保有しているこの記憶はなんなんだよ」

　東馬の姿をした何かが自らのこめかみのあたりを指でトントンと叩（たた）く。

「ほら、例えば俺の好きな食べ物は何か分かるか？」

「アメリカンドッグでしょ。それも、一番下のカリカリした衣のところ」

「おっ、おい、なんで知ってんだよ？」

「一応、ターゲットの好きな食べ物は調べるんです。毒で殺すこともあるんで」

「そ、そうなのか……。アメリカンドッグの一番下のカリカリのところに毒を塗られなくてよかったよ。それで、死んだら滅茶苦茶かっこ悪いもんな。いっ、いや、そんな話をしてたんじゃねぇ！　――じゃあ、俺の初恋の相手は？」

「それは、知りません」

「ほら見ろ。小学三年生のときに隣の席だった永澤美波（ながさわみなみ）ちゃんだ」

「いえ、そう言われても僕はそれをたしかめようがないので。幻覚が勝手に創作している可能性もありますし」

「お前、本当に面倒くさい奴だな。っていうかよ、俺が幻覚なんだったらその幻覚と普通に話しているお前は、相当病んでいる事になるんだぞ。さっきから何もないところに向かって、アメリカンドッグのカリカリとか言ってるんだ。相当やばいじゃねーか」

「はい、それに関しては自分でも危機感を持っています」

「全然、持っているように見えないけどな」

それは御堂が感情をあまり表に出さないからだ。実際に、内心では強い焦りを感じていた。昨晩殺した男と『あなたは幻覚だ』『俺は幽霊だ』と言いあっているこの状況は、異常以外の何ものでもない。御堂は育ての父親の言葉を思い出す。御堂を一人前の殺し屋に仕立てたのは、育ての父親だった。

『いいか禅。殺し屋の精神っていうのは、ピッチャーの肩と同じだ。仕事をすればするほど徐々にすり減っていくんだ。そしてある日、全く使い物にならなくなる』

自分の精神は、知らず知らずのうちにすでに限界に達していたのだろうか……。

東馬の姿をした何かは、なおも狂犬病にかかった野良犬のように吠え続けている。

「というか、なんで俺がお前の心配しなくちゃいけないんだよ。俺はお前に殺されたんだぞ。ふざけんなよ！　俺は恨みに恨みまくってるからこうしてお前の前に現れたんだ」

と、エリック・サティを流していた携帯電話が、着信を示す無機質なベルに変わる。

御堂は、東馬の姿をした何かを無視し、携帯電話を手に取る。ディスプレイには電話番号が示されているだけだが、御堂には誰だか分かった。そもそもこの携帯電話にかけてくるのは一人しかいない。

仕事を仲介してくれるパートナー――袖崎華輪だ。通話のボタンをタッチする。

「はい、もしも――」

『禅君！　ちょっとテレビつけてみて！』

その張りつめた声は、御堂の体全体に響き即座に緊張を走らせる。華輪がこのように取り乱す事自体が珍しい。下駄の鼻緒が切れるよりもずっと明確な不吉の前兆だった。携帯電話を耳に当てたままテレビをつける。

隣で東馬京が、「おい何勝手に電話に出てんだよ。俺との話が済んでねぇだろうが」と騒いでいたが、それに構っている余裕はなかった。

ちょうど朝のニュース番組が流れている。アナウンサーが少し興奮気味にカメラに向かって語っている。まるで唾がこちらに降りかかってきそうなほどだった。アナウンサーがいるのはどこかの病院の玄関前。別の局のスタッフや中継車が映りこんでいる。

だが、テレビから全く音が聞こえない。音量がゼロになっているからだ。御堂はほとんどテレビを見ないので、前回の記憶が辿れずどうして音量が消えているのか分からなかったが、とりあえずテレビの側面にある音量のボタンを押した。

徐々に興奮したアナウンサーの声が聞こえてくる。

『──こちら、私立探偵の東馬京さんが運びこまれた病院の前です。東馬さんは昨夜未明、この病院に搬送され緊急手術を受けました。なんとか一命は取り留めましたが、現在もなお意識不明の重体となっています』

太陽が消滅したかのように、目の前が真っ暗になる。体が痺れ、先程音量を上げたばかりのテレビから何も聞こえなくなる。

──一命を取り留め？　僕は、失敗したのか？

『……くんっ！　禅君！　ちょっと、聞いているの？』

電話口から華輪の声が聞こえ、どこかに吹き飛んでいた意識が徐々に目の前に戻ってくる。御堂は、なんとか「あっ、はい」と答えたが、それでも体の痺れは残っており、自分の声が別人のように聞こえた。

——でも、失敗したのだとしたら、これは一体……。

東馬の姿をした何かは、御堂に向かって「おい、俺の話を聞け。俺はお前に殺され——」と喚いたところで、アナウンサーの声が耳に入ったのか、目を大きく見開き素早く振り向いてテレビを凝視した。

「こ、殺され、てないな。……じゃあ俺は、何?」

それを聞きたいのはこちらのほうだ、と御堂は思った。

2

「少し相談したい事があるので、今からそちらに向かいます」

御堂は、そう言って電話を切ると、深く息を吸いこんで目を閉じた。

そのまま呼吸を止め、水中にいるイメージで体全体を弛緩させる。瞼の裏に見える光の残像だけに意識を向けながらギリギリのところまで我慢し、一気に息を吐き出す。

すると幾分冷静さを取り戻す事はできた。やらなければいけない事と、考えなければいけない事の優先順位がつくほどには。今はよく分からない何かに構っている場合ではない。そのよく分からない何かは、いまだパニック状態だ。

「なんで生きているんだよ、一度死を受けいれたのに。気持ちの整理がつかねぇよ、心の中がゴミ屋敷だ」と喚いている。

御堂は、無視し即座に準備を始める。

まずは服を着替える。シャワーを浴びるか迷ったが、汗もすっかり乾いていたので結局やめた。青と黒のネルシャツに細身のジーンズ。着替え終えると、伊達の黒ぶち眼鏡をかけ携帯電話をズボンのポケットに入れ、クローゼットの中に入れていたショルダーバッグを肩から斜めにかけ背中に回す。ショルダーバッグの中には、筆記用具と育ての父親の形見である銀のシガーケースが入っているだけだ。普段は、殺しの道具は持ち歩かない。

部屋を出る。

と、東馬の姿をした何かも「どこ行くんだよ、今はお出かけしている場合じゃないだろ」と不承不承な態度を見せながらもついて来る。別に一緒にいる理由はないし、できる事ならこのままどこかへ消え去って欲しかったのだが、御堂はとりあえず無視を続けた。外では慎重にならなければいけない。

——これが他人に見えるかどうかたしかめなくてはいけない。

御堂は五階建ての古いマンションに住んでいた。四階の角部屋だ。廊下を歩きエレベーターの前でボタンを押すと、ギシギシ音を立てながら籠が降りて来る。

上階に住む老婆が一人乗っていた。

扉が開き、老婆と目があう。御堂は、老婆に悟られないように警戒心を高めながら、小さく会釈をしてみる。

老婆は、優しく微笑みながら会釈を返してくれた。ただそれだけだ。どうやら老婆には、御堂の側を漂う体の透けた男は見えていないようだ。

その後も東馬が、老婆の体を何度もすり抜けたり、「おいばあちゃん、俺こいつに殺されかけたんだよ」と話しかけたりしたが、やはり老婆にはなんの反応もなかった。

御堂は、少しだけ緊張を解しマンションの駐輪場に行くと、停めてあったフラットバーのロードバイクにまたがり、勢いよく漕ぎだす。

目の前に広がるのは、東京の木場という町。その名の通り元々貯木場があったところで、海へと繋がる川がいくつも通っているいわゆる下町だ。近年では都心へのアクセスがいい事もあり高層マンションがいくつか建ったが、都心の中では比較的静かなほうだろう。普段であれば、自転車を走らせると風が潮の匂いを運んできて心地いいのだが……。

しばらく走っていると東馬の叫び声が聞こえてくる。

「おい、まてまてまて！」

もちろん御堂は全く待つつもりはないので、背後に目だけやると後方上空を大の字になってついて来る東馬が見えた。どこまでも追いかけて来るというのは怪談話にはありがちだが、それにしては東馬の表情は辛(つら)そうだ。追いかけて来るというよりかは体が引っ張られているようで、まるで凧(たこ)のようだった。

どうやら東馬の姿をした何かは、どこまでも自由に動けるというわけではないらしい。今の状況から推測すると、御堂を中心に半径五メートルくらいの範囲(はんい)から離(はな)れると、意志とは関係なく体が引っ張られてしまうようだ。

これはどういう事だろう。幻覚に活動範囲なんてあるのだろうか。糸が絡まるように頭が混乱していく。さらに不快感も増していく。御堂もまた、このおかしな何かから離れられないのだから。

なんとか振りきれないものかとそのままスピードを上げたが、東馬の姿をした何かは、同じ距離(きょり)を保ちつつ凧になってついて来る。御堂は注意深くすれ違う人々の顔を確認したが、やはり老婆同様何も見えていないようだった。

3

袖崎華輪は、錦糸町駅の北側にある繁華街の路地裏で小さなバーを営んでいた。

錦糸町は、御堂が住む木場からは自転車で二十分ぐらいの距離にある。今日は急いだので、十分でついた。華輪のバーがある雑居ビルの前に自転車を停めると、地下への階段を下って行く。背後からぐったりとした様子でついて来る東馬が、「お前わざと速く漕いでいたろ、覚えていろよ」と因縁を吹っかけてきたが、無視を続けた。

階段を下りきると『Water Lily』と書かれた分厚い木の扉が見える。まだ朝の九時前なので扉の前には『close』の看板がかけられているのだが、御堂は遠慮なく扉を開き中に入る。

脚の長いカウンターチェアに座る華輪の後ろ姿が見える。カウンターの上にどこかから持ってきたテレビが置かれており、華輪は肩肘をつき顎を掌に乗せてそれを熱心に見ているようだった。華輪はバーでは、いつもチャイナドレスを着ているため、スリットから長い足が覗いており、御堂には岩の上で眠る白い蛇を連想させた。

扉の上部についた小さな鈴が鳴っているが、特に反応はない。

「あの、華輪さん？」と呼びかけると、華輪は「ん？」と肩を上げ、目を擦りながら振り返る。どうやら眠っていたらしい。

と、東馬が、振り返った華輪の顔を見て声をあげる。

「おい、誰だよこの美人」

たしかに華輪は、付き合いの長い御堂ですら時折どきりとしてしまうほどの美貌を持っている。大きな目に長い睫、真っ直ぐに通った鼻筋、程よく厚い唇。まるで男を惑わすために生まれてきたような顔だ。実際に、華輪目当てでバーを訪れる常連客も少なくなく、店は常に繁盛している。

と、華輪の焦点がゆっくりと御堂から東馬へと移る。そして、一呼吸空けた後、御堂に向かってため息交じりに呟く。

「……禅君、あんた何連れてきてんのよ」

東馬が、先程よりもさらに大きく驚きの声をあげる。

「おっ、おい！　この美人さん、俺の事が見えているぞ！」

よほど驚いたのか、触れる事もできないのに御堂の肩を揺すろうとまでしてくる。

だが御堂は、驚きよりも落胆のほうが大きかった。東馬が触れる事のできなかった肩が思わずがくりと下がる。そして、突きつけられた事実を受け入れるように意識的に口にする。

「……この人はやっぱり幽霊なんですね」

東馬は、目を見開きながら壊れた扇風機のように御堂と華輪を交互に見つめる。

「おい、どういう事なんだよ。説明しろよ」

この場で最も驚くべき存在が一番驚いているというシュールな光景だ。

と華輪が、テーブルを指でトントンと叩きながら、

「わたしが教えてあげるわ、探偵さん」

と言う。どうやら、東馬の声も聞く事ができるらしい。

華輪は、即座に東馬の事を受け入れたようで落ち着き払った声を出し「まぁそこに座りなさいよ」と御堂と東馬にカウンターチェアを勧める。さらに、腰を上げカウンター裏に回りこむと、自らにミネラルウォーター、御堂には炭酸水を差し出す。そして、東馬には小さな小皿に載った塩を出した。

「なんで塩なんだよ」とすかさず東馬が突っ込むと、華輪は「冗談よ」と笑う。

御堂の置かれている状況はまさに冗談のようであったが、今は笑う気にはなれなかった。ともかく勧められた椅子に腰を下ろす。東馬はフワフワと浮いたままだ。体が透けるため、腰を落ち着かせる事はできないらしい。

「浮いていたほうが座りが良い」とわざと混乱を招くような言い回しをし鼻を鳴らす。

華輪は、ミネラルウォーターを少し口に含むと説明を始める。

「わたしはね、簡単にいうと霊能力みたいなものがあるのよ。父の血筋の人はみんな見えていたらしいから、それを引き継いだのね」

東馬が即座に口を挟んでくる。

「ちょっと待てよ。霊能力とかお前、急にそんな眉唾な話されても――」

「あなたよく、その透けて浮いた体で言えるわね。幽霊がいるんだから、その幽霊が見える人がいてもおかしくないでしょう」

「いや、そうなんだが、さっきこいつに電話かけてきたのは美人さん、あんただろう。って事は、殺し屋の仲間って事だよな。殺し屋の仲間に霊感があるのは、都合がよすぎるだろ」

「それは、順番が逆よ。幽霊が見えるから殺し屋になったの。まぁ、正確に言えば、殺し屋の元締めなんだけどね。わたしの何代か前の先祖が、幽霊の復讐を手伝ったのが始まりで、わたしの家は代々、そういう仕事をしているの」

華輪は、そう言って、小指で小皿の塩を意味もなく一度くるりと混ぜる。

「だったら、どうして俺だけなんだよ。お前ら、俺以外にも何人も殺してるんだろ。幽霊で溢れ返ってなけりゃおかしいじゃねぇか。それに、あれは？　あれは、どう説明すんだよ」

東馬は、そう言ってテレビを指さす。テレビでは、ちょうど東馬のニュースを取り扱っているところだった。御堂もその事には疑問を抱いていた。

――東馬はまだ生きているのだ。

以前、華輪から『わたしは幽霊が見える家系だ』と説明を受けた事はあるが、突っ込んで聞いた事はなく幽霊の知識はないに等しい。自分には関係のない事だと興味がなかったのだ。

華輪が、「あぁ」とテレビ画面にちらりと目を向けて答える。

「幽霊っていうのは、そもそも体から飛び出した魂なのよ。で、魂っていうのは、元の体がなければ存在できない。つまりね、『幽霊イコール生霊』ってわけ。だからあなたの存在は異常だけれど、幽霊という枠組みで考えればいたって正常なの」

「おい、待て」と東馬が反論する。「じゃあ、俺は生霊であり魂って事か？　ならどうしてすぐに元の体に返らない？　なんで、この殺し屋から離れられないんだ？」

「まぁそう焦らないで。順を追って説明してあげるから」

華輪はそう言うと、カウンターからナッツの入った袋を取り出しつまみだす。御堂も勧められたが手を出さなかった。自分で決めた時間以外の食事はとらないようにしている。華輪が説明を続ける。

「――そもそも、魂と体というのはね、強い糸のようなもので結ばれているの。魂を風船に例えると分かりやすいかしら。体が風船の糸をしっかりと握っているような感じ。で、その糸のようなものは、死んだ瞬間に――心臓が止まった瞬間に――切れてしまう」

御堂は、真っ青(まさお)の空に消えていく白い風船を思い浮かべる。

「けれど稀(まれ)に、この世に強い未練を持った人が、『あぁ、ダメだ。このままだと死んじゃう。その前に誰かに一言言っておきたい』って念じて、自ら糸を切って自分の体が死ぬまでのほんの一時(いっとき)の間だけ、別の人間にその糸を持って貰って、この世に存在し続ける事がある。それが、生霊であり幽霊ってわけ」

そう言って華輪は、何か含みのある顔でこちらを見つめてくる。

「まぁ、通常は、一番強く思ったい、い、い、人にとり憑(つ)くから、恋人とかになるんだけれどね」

東馬がなぜか少し顔を赤らめながら、「たしかに、お前の事を思っていたな」と言ってくる。

御堂は「ありとあらゆる意味で、気味が悪いんでやめてください」と返しておく。

華輪がまとめる。

「まぁそういう事だから、世間に溢れる怪談話はほとんど嘘だし、生霊になる事自体とても珍しい事で数自体少ないのよ。ちなみに生霊が見えるのは霊感がある人ととり憑かれた人だけで、霊感がある人はこの世にほとんどいない」

「いまいち納得できないな」と東馬が不満気に漏らす。さらにこちらを見て「お前は今の説明で納得したのか？」と問いかけてくる。

御堂は十分に納得していた。そもそも華輪とはパートナーになるときに『互いに絶対に嘘を吐かない』と約束している。その華輪が言っているのだから疑いようがない。だが納得したのは、東馬がなんなのかという話のみで、この状況を受け入れたわけではない。

「あの華輪さん」と御堂は手をあげて言う。「で、いつまでこの人は僕にくっついているんですか？　さっきの話では、一言言いたくて幽霊になるという事でしたが、この人、もう何言も僕に言ってきていますよ」

いたって真剣に言ったのだが、なぜか華輪は微笑んだ。

「生霊というのは、限定的な存在だからそんなに長くはないわよ。生霊が生霊でいられなくなる条件は、三つある。さっきも言った通り、体が死ねば魂も消滅する。つまりこの探偵さんの心臓が止まれば、魂も消える。次に、生霊が自分の意志で体に戻ってもいい。そのときは、憑かれている人が生霊の体の近くに行く必要があるけれど。最後に、憑かれている人自身が死んでしまっても終わり。生霊となった魂も行き場所を失い消えていく。よし、簡単にまとめておいてあげよう」

そう言って華輪は、近くにあったコースターの裏側に書きはじめる。

1、生霊の体が死ぬ事
2、生霊が体に戻る事
3、憑かれている人が死ぬ事

だが御堂は、それを受け取る事なく席を立つ。一つ目の選択肢を聞ければそれで十分だった。

「ではこの人にとどめを刺してきます」

——最初からそうしておけばよかったのだ。

「待ちなさい！」

華輪の鋭い声が背中に突き刺さり、扉に手をかけたところで体を止める。

「この探偵さんを殺す事には賛成だけれど、今はダメ。さすがの禅君でも、あそこに単身で突っ込むのは自殺行為だわ。ほらテレビをよく見てみなさい」

　振り返りテレビに目を向けると、病院の様子が生中継で映し出されていた。世間から嫌われていたとはいえさすが有名な名探偵だ、マスコミと警察官と野次馬でごった返している。それはまさにお祭り騒ぎで、今にも病院を神輿に見立てて持ち上げそうなほどの熱気で溢れている。たしかに華輪の言う通りだ。だが、どうする事もできないこの状況と、東馬を仕留めきれなかったという事実からくる苛立ちを抑える事はできない。御堂は、思わず摑んでいた扉のノブを握り潰してしまいそうになる。

　と、華輪が諭すように言う。

「らしくないじゃない禅君」

　それも自覚している。殺し屋は、常に冷静でいなければ死に直結する。だからいつもなら余計な感情は、腹のずっと底の深い沼に沈めてあるのだが、今はどうしても抑えきれない。マグマのように沸き立っている。

　華輪が続ける。

「ねぇ、そろそろ教えてくれない？　どうしてこの探偵さんを殺しきれなかったのか」

4

「僕は、大きなミスを二つ犯しました」

華輪にそれを説明するのはどんな拷問を受けるよりも辛い作業だった。昨日の事を思い出すと、御堂は奥歯を砕きそうになるほど食いしばってしまう。

まず一つ目のミスは、一発で東馬を仕留めきれなかった事だ。

今思えば、東馬に惑わされていたのだろう。

東馬は、他のターゲットと明らかに違っていた。銃を向けると即座に自らが置かれた状況を理解し、ポケットから何かを取り出すと「これは、防犯ブザーだ」とこちらの心理を揺さぶってきた。ちなみに後で分かったのだが取り出したのは、防犯ブザーではなく十徳ナイフだった。

微かに手元が狂い、心臓を狙ったのに、即死とはいかなかったのだ。

そして二つ目のミスは、とどめを刺さずにその場を離れた事。

東馬が、死ぬんだったら自分の手で死んでやる、と言って手に持っていた十徳ナイフで自らの左手首を切ったからだ。

御堂がそう説明をすると、東馬は鼻を鳴らし勝ち誇る。

「あれは見事な作戦だった。俺の左手首には、マイクロチップが入っていてな。脈が止まると、警察と病院に連絡がいくようにしてあったんだが、それを自ら取り出したってわけよ」

——どうして、この男の頭にもう一発叩きこまなかったのだ。

悔やんでも悔やみきれない。——今回が初めての失敗だったのだ。

御堂は、十八歳のときから殺し屋の仕事を始め現在までの四年間、一度も失敗した事はなかった。

御堂が説明をし終えても、華輪はどこか納得のいかない表情を浮かべていた。

理由は分かる。あまりにもそれは御堂らしくない。特にとどめを刺さなかったという点だ。死んだ事を確認せずに現場を立ち去った事などこれまで一度もなかった。

実は、華輪に伝えていない事が一つある。

ターゲットが死ぬ直前に吐く言葉は、大きく分けて二つしかない。『助けてくれ』か『やれるものならやってみろ』だ。だが、あのとき東馬は——十徳ナイフで自らの左手首を切った後——本当に悔しそうに声を振り絞り、こう言ったのだ。

——『本当に俺は死ななくちゃいけないのか？』

冷静になってみれば、自分で手首を切っておいて何を言っているんだと思うのだが、あのときはなぜかその言葉が、猛禽類(もうきんるい)の爪のように心を引っ掻き抉(えぐ)った。酷く動揺してしまい、逃げ出すようにその場を立ち去ってしまったのだ。これは言い訳になってしまうかもしれないが、そもそも今回の依頼には、どこか納得しきれていなかったからかもしれない。

御堂は、その事を追及されるのが嫌で話を切り上げる。華輪とは『絶対にお互いに嘘を吐かない』と約束したが、自分ですらよく分からない感情については、しっかりと説明する自信がなかった。

「――これから僕はどうすればいいんでしょうか？」

華輪は、腕を組んで一度目を閉じ大きく息を吐き出す。納得はしていないが受けいれてくれたようだ。再び目を開くと言う。

「そうね。真っ先にやらなければいけないのは、信用回復よ。あのシルバーチップが、初めて仕事を失敗したんだから。もうすでに、裏社会の人たちがざわつき始めているもの」

御堂は『シルバーチップ』という名が華輪の口から出てきた事に思わず片眉を上げ

た。それは、殺し屋としての家名みたいなものなのだが、東馬の前で言っていいのだろうか。

と、案の定、東馬が突然口を挟んでくる。「おい、ちょっと待てよ。シルバーチップって、あのシルバーチップか？」

だが華輪に慌てる様子はない。どころか、詳細に説明を加える。

「正しくは二代目なんだけどね。元々は、禅君の師匠が名乗っていたの」

御堂は、思わず「ちょっと華輪さん」と口を挟むが、東馬は大きく見開いた目をこちらに向けてくる。

「シルバーチップって俺でも知っているくらい有名な殺し屋だぞ。お前が、そうだったのかよ？」

そしてさらに、今度は目を細めて嬉しそうに笑いだしたかと思うと、

「そうかそうか、あのシルバーチップでも俺は仕留めきれなかったか」

と胸を張る。

御堂は、うんざりしながら華輪に言う。

「……『信用回復』も何もこの人がいるのに、仕事にならないでしょう。どんな邪魔をされるか分かりませんよ。次も失敗なんて事になったら、それこそ僕はもうおしま

いじゃないんですか」

　華輪はそれでも笑みを崩さない。

「大丈夫よ。この探偵は、あなたの邪魔はしないわ。むしろ協力してくれるはずよ」

　御堂は、華輪が何を考えているのかよく分からなかった。本気で探偵に殺し屋の仕事を手伝わせようとしているのだろうか。

　東馬も不満があるようだ。

「おい、ちょっと待てよ」

　と言って、顔を険しくし、さらにこうまくしたてる。

「それは冗談でも頷けないな。華輪とか言ったっけ、俺は探偵だぞ。探偵っていうのは、正しい事を見つけるのが仕事なんだよ。お前らの悪事に加担するわけねぇだろ」

「あら、わたしはいたって真剣よ。それに探偵の仕事は、『調査』じゃないの？」

「それは、ただの探偵の話だろ。俺は、ホンシメジの『名探偵』様なんだよ！」

「ホンシメジ？」

「こっちの話だ、気にすんな」

「あっそ、じゃあまぁそれでいいわ。でもね、ホンシメジの探偵さん、わたしたちだって、あなたを殺すために色々と調べたのよ。あなたが何を苦手としているかちゃんと分かっているの」

　東馬が、その言葉に身構える。

「あなたが最も嫌うのは、『暇』でしょ」

「んぐっ」と東馬が明らかに痛いところをつかれたといった顔で唸る。

「さっきかっこいい事言っていたけれど、ちょっと想像してごらんなさいよ。普段の禅君を。この子、家にいるときはずっと動物図鑑を読んでいるのよ。禅君にとり憑いているあなたも、それに付き合わなくちゃいけないのよ」

なんだか少し馬鹿にされている気がする。東馬が想像して顔を青ざめさせているのも気に入らない。

「それにね、仮にあなたが仕事を邪魔してごらんなさい。そうなると禅君は捕まるわよ。ほら、想像してみなさいよ。この退屈な青年と一緒に牢屋に入っている自分を」

――今、はっきりと『退屈な青年』って言った。

「たしかに、そいつはハードな拷問だ」

「でしょ。そうならないために、あなたはわたしたちの仕事を手伝うべきよ」

「いや、だがそれとこれとは――」

「それに、あなたは『悪事』と言ったけれど、わたしたちにだってルールはあるし誰でも殺すわけじゃないの。信念だってある」

「なんだよ、その信念って」

「――殺さなくてもいい人は、殺さない」

単純明快でしょと華輪は胸を張る。

「ふざけんな。じゃあ、俺にも殺されなきゃいけない真っ当な理由があったのかよ？」

「ええ」

東馬がじっと華輪の目を覗きこむ。華輪もまた東馬から目を逸らさない。二人（ふたり）の間に目には見えない磁場（じば）のようなものができ上がっている。御堂はその磁場から弾（はじ）き出され、蚊帳（かや）の外（そと）だ。二人はしばらくじっと睨（にら）みあい、互いの腹の内を探りあっているようだった。そして、納得したのか東馬が一つ頷く。

「ほう、なるほど。オーケー、分かった。協力するかはともかく邪魔はしない。ただしこちらからも条件が一つある」

「――誰があなたを殺すよう依頼したのか教えろ、でしょ」

「察しがいいな」

「まぁ、あなたが禅君にとり憑いた目的を考えれば、それぐらいはすぐに分かるわ。……いいわよ。次の仕事が上手くいけば、教えてあげる」

東馬と華輪は、互いの顔を見あいながら含み笑いを浮かべる。それは、殺し屋の御堂ですら、戸惑いを覚えるほどの悪人の表情だった。つい先程、『正しい』がどうとか『信念』がどうとか言っていた人たちとは思えない。

御堂はそこでようやく話に割って入る。このますんなりまとまるのは不満だった。

「ちょっと待ってください。仕事を手伝わせたら、こちらの事を色々と知られる事になるんですよ。仮に、この人の傷が癒えて体が魂に戻ったらどうするんですか？」

「それは心配しなくてもいいわ。実は、まだ二つばかり、生霊についてあなたたちに言ってない事があってね。もし、そうなったときは、わたしがなんとかしてあげる」

御堂は「ですが」と言うのが精一杯で口籠ってしまう。まずい状況だ。華輪に押し切られ何も言い返せない。だが、まるで納得はできていない。世から『嫌われ探偵』と呼ばれている男の生霊に憑かれた状態で仕事をするなんて、あまりに無謀だ。

と華輪がテーブルの上に置いていた御堂の手にそっと触れてくる。

「禅君、気持ちは分かるけれど、何もしなければ引退したと思われるのよ。引退した殺し屋がどうなるか、あなたが一番よく知っているでしょ」

華輪の大きな瞳に濁りはなく、本気で心配している事が御堂には分かる。

その瞳の向こうに、育ての父親の末路が映っていた。

御堂は、その目を逸らすように頭を下げる。

――もはや反論のしようがなかった。

華輪がパンと両手を叩く。場を仕切りなおすように。

「さぁ、という事で、仕事の話をしましょう。これが次のターゲットよ」

5

華輪がテレビのリモコンを操作する。これまでに流れていたものと同じニュース番組だったが、それは録画されたものだった。

視聴者が携帯電話で撮った映像らしく、画質が荒くブレが激しい。右上に『現代に現れたヒーロー』というテロップがつけられている。

御堂は、思わず「ヒーロー」と呟いてしまう。探偵や殺し屋と同じくらい、日常であまり耳にする事のない言葉だ。

映像はどこかの組事務所の玄関を映し出している。悲鳴や怒号が聞こえた後、中から異様な姿をした男が現れる。華輪が、そこで一時停止ボタンを押す。

ピントはあっていないが、男の姿を確認できる。覆面にマント、手には先端に球体がついた棒を持っている。球体からはテスラコイルのように小さな稲妻が走っている。スタンガンのような物なのかもしれない。

「『ミスター・ラクーン』よ」

と華輪が言う。

動物図鑑を毎日のように見ている御堂には、『ラクーン』が何かすぐに分かった。

「――アライグマですか」

たしかに男がつけている覆面は、アライグマに似ている。華輪が説明を続ける。

「そう。テレビを見ない禅君のために教えてあげるけど、彼は今話題のヒーローで自らをミスター・ラクーンと名乗って、警察に代わって犯罪者たちを狩っているの。ちなみに、決め台詞は『お前たちに足を洗わせてやるぜ』ね」

御堂の頭の中で動物図鑑がパラパラとめくられ、アライグマのページを開く。

「この人の言っている事は正しいですね。アライグマは、よく手を洗うっていわれますが、正確には前足ですから。『足を洗う』というのは正しい表現です。ちなみに、どうして足を洗うのかは、諸説ありまして――」

「禅君、今は、動物豆知識は控えよっか」

華輪に指摘され、御堂はハッと口をつぐむ。ほぼ無意識に語っていた。慌てて頭の動物図鑑をぱたんと閉じる。と、東馬がわざわざテレビの上まで飛んで行き目線を集めるようにしてから、口を挟んでくる。

「ちょっと待てよ。ミスター・ラクーンは、こんなふざけたなりをしているが、ヒーローだぞ。華輪、さっきお前がいっていた信念とやらに反するんじゃないのか」

華輪が先程言った信念とは、『殺さなくてもいい人は、殺さない』だ。

華輪は、「そんな事はないわ」とテレビの画面を一度こつんと指で弾くと反論する。

「彼はヒーローだけれど、やりすぎている。未成年の不良に後遺症が残るほどの大けがを負わせたりしているのよ。実際に警察にも追われている。ヒーローという言葉だけで済ませるわけにはいかないわ」

ミスター・ラクーンは、ナルシストで思い込みが激しいのかもしれない。そういうタイプは、ありとあらゆる事が過剰になっていき、本来の目的を見失ってしまう傾向がある。映像に出てくるスタンガンのような武器は、まともにくらえば死んでしまうほど高圧な電流を流しているように見えた。

華輪は、「それに」とテレビをこづいていた指を東馬に向ける。

「あんた、昔、週刊誌のインタビューかなんかで、ミスター・ラクーンの事批判してなかった？『この世に、ヒーローなんていらない。名探偵が一人いれば十分だ』とかって」

東馬は、痛いところをつかれたという顔をし、「いや、あのときは、あのときでだな……」と口籠らせる。

御堂にも確認しておきたい事があった。

「依頼者は誰なんですか？」

それは依頼内容を聞く際に必ずおこなう質問だった。

華輪は一呼吸空けると、しっかりと御堂の目を見つめながら言う。

「依頼者は『アイ』よ」

御堂は、その名に思わず顔が歪む。『アイ』は、初仕事を依頼してきた人物だった。

御堂はそのときにあまりいい思い出がなく、華輪もその事を知っているはずだ。

「……『アイ』は、ミスター・ラクーンが誰か知っているんですか？」

「えぇ、もちろん」と華輪は即答する。有無を言わせない雰囲気を醸し出している。

どうやら、御堂が乗り気でないのは承知の上のようだ。仕事の失敗を帳消しにするために初心に立ち返らせようとしているのかもしれない。

「まぁ、そういう事だから。詳しい詳細はこれを見て」

華輪はそう言って話を切り上げ、資料が入ったクリアファイルを手渡してくると、大きく欠伸をする。

東馬が空気を読まずに言ってくる。

「おい、誰だよ、『アイ』って？　あのリスザルみたいな奴の事か？　アライグマの次はリスザルかよ」

御堂は、それはアイアイだと思ったが、あえて口にせず頭の中の動物図鑑も開かなかった。

6

来た道を自転車で戻り、自宅のマンションにつくと、昼の十二時を過ぎていた。

帰りは、東馬は凧になる事はなかった。「自転車に乗るお前に乗る感覚だ」とよく分からない事を言っていたが、単になれたようだ。生霊である事になれられたら、こちらが困るのだが。

部屋に戻ると、まずは冷蔵庫の中を確認する。仕事中は家に帰る事ができなくなる。これから仕事の間に食べるための保存食を作らなくてはいけない。幸いにも冷蔵庫には一週間分の食料が詰めこまれていた。エプロンをかけている間に、すぐにいくつかのメニューが浮かび、手際よく調理にとりかかっていく。

レンコンのきんぴら、小松菜の辛子醤油和え、里芋のそぼろ餡かけ、茄子の煮びたし、きのこの佃煮……。

材料を切っていると、リビングで漂っていた東馬が近寄って来る。

「お前、なんだよそのスキル。『殺し屋飯』とかいって書籍化するつもりか？」

御堂はリズミカルに包丁で食材を刻みながら答える。

「別に、これくらい誰でもできるでしょう」

「できねぇよ。殺し屋は、ビーフジャーキーだけ食ってるんじゃねーのかよ」

「あなたのその殺し屋に対する偏見はどこからきているんですか？」

「おい、そのあなたっていうのそろそろやめろよ。これからは相棒なんだから、東馬さんって呼べ」

御堂は思わず包丁を持つ手を止める。

「……何から訂正すればいいのか分かりませんが、まず相棒ではないですし、どうして僕があなたの事をさん付けで呼ばなければいけないんですか」

「はっ、相棒だろ。華輪がそう言っていただろ。それに、俺はお前より歳上じぇねーのか。お前いくつだよ」

「二十二ですが」

「二十二？　なんだ、十歳かと思ったよ。はっはっはっ。俺二十五だぞ。歳上は敬え」

御堂は、無言で、東馬の顔めがけて包丁を振る。

「おい、危ないだろ！」

もちろん、包丁は東馬の体をすり抜け、空を切るだけなのだが、そうしなくては気が収まらなかった。

一週間分の食事を作り終えると、今度はそのまま遅い昼食を作り始める。おそらく、今日はその一食で終わるだろうから、夕食も兼ねている事になる。

その前に、東馬にこれ以上邪魔をされたくなかったのでとりあえずテレビをつけておく。テレビでは、緊急特番として、東馬の生い立ちを紹介している。どれも御堂がすでに知っている情報ばかりだったが、思わず調理の合間に目を奪われてしまう。

東馬はその誕生からして少し特殊だった。いわゆる試験管ベビー、体外受精によって産まれてきたのだ。父親は、アメリカの精子バンクなるところから買い取った『IQ200の日本人男性』らしい。

テレビでは、素材がないのか白衣を着た男が顕微鏡を覗いている光景や、赤ん坊などのイメージ映像とともに、体外受精について簡単に紹介されていく。そして、次に映し出されたのは真っ赤な蝶ネクタイをつけた十歳の東馬だ。

実は、東馬は探偵になるずっと前から有名人だった。子どもと大人がクイズで対決する番組に天才少年として出演していたのだ。当時の東馬少年は、現在とは同一人物とは思えないほど可愛らしい顔をしている。しかし、性格は今と全く変わっていなかったようだ。子ども側のエースであったのにも拘わらず、生意気すぎると視聴者からクレームが殺到し、たった三ヶ月で降板する事になった。

そしてここから東馬の暗黒時代が始まる。まず、東馬の母が東馬を残して失踪した。クイズ番組で稼いだ賞金を全て持って。東馬の母は利己的で東馬になんの愛情も持っていなかったようだ。そして、一人残された東馬は、親戚の家をたらいまわしにされその先々で嫌われていった。

御堂からすれば、口は災いの元、自業自得であったのだが、東馬は昔の自分に対して「よく頑張ったな」と労いの言葉をかけている。

と、そうこうしているうちに料理ができ上がったのでテーブルに並べていく。

昼食（兼夕食）は、カジキマグロの照り焼きに、わかめとなめこの味噌汁。そして、昨夜の残りであるほうれんそうの白和えと根菜の酢漬けを添えた。

御堂が食べている間も、東馬はテレビにかじりついていた。そこで、今度は御堂のほうが気になる事があり、声をかけた。

「あの、あなたは、お腹（なか）が空（す）かないんですか？」

「あぁん？」と東馬はテレビを見たまま不機嫌そうに返事をすると、「……腹は空かねぇよ。まぁ、どっちにしたって食べられないんだから、俺としてはそっちのほうが良かったけどな」と素っ気なく返してくる。自分の過去に夢中らしい。

テレビでは、いよいよ探偵時代の紹介にうつる。

今から七年前、十八歳となった東馬は突如探偵を始める。高校を卒業すると同時に親戚の家を出なければいけなかったのだが、その口の悪さからどこも雇ってくれず、一人でできる仕事を探していたところ行き着いたらしい。当初は、天才とはいえ十八歳の口の悪い青年に依頼はなく、勝手に事件現場に行き、勝手に推理を披露するというかなり迷惑な行為をおこなっていたようだ。

だが、その推理は完璧（かんぺき）で警察も徐々に無視する事ができなくなり、『甘露屋（かんろや）ピエロ事件』というタイトルを聞いただけでは何が起きたのかよく分からない殺人事件を見事解決した事で、名実ともに名探偵と呼ばれるようになる。

東馬にとっては、輝（かがや）かしい過去らしく、テレビに向かって「よっ、名探偵！」と掛け声をかけていた。

　食事を終え食器を洗い、風呂に入ると、夕方になっていた。

　テレビでは、いまだに東馬の報道をしていたが、さすがに目新しい情報はなくなり、コメンテーター同士が場繋ぎで始めた議論は、紆余曲折の結果『嫌われていた東馬にも原因がある』という事でまとまりかけていた。

「おい、なんで俺が悪い事になってんだよ！」

　とテレビに向かって怒鳴っている東馬に後ろから声をかける。

「あの、すいません」

「なんだよ」

「もう、寝たいんですけど」

「は？　まだ、五時だぞ。お前、そこらへんのおじいちゃんでもまだ起きてるぞ」

「そこらへんのおじいちゃんが何時に就寝するかは知りませんが、僕は明日、朝の三時には出ないといけないんで」

　東馬は、露骨に舌打ちをして見せる。「まぁいいや。じゃあ、華輪から貰った資料を床一面に広げておいてくれよ。どうやら生霊は、眠れないらしいからな」

「嫌です」

「あっ、そう。じゃあ……お前ホーミーって知ってる？　モンゴルの二つの音を出すような独特の歌唱法なんだけど、それをずっとお前の耳元でするけどいい？」

今度は御堂のほうが舌打ちをしそうになったが、ぐっと堪えた。

「……分かりましたよ。というか、殺し屋の仕事に本気で協力する気なんですか？」

「協力するかどうかも含めて、色々と知っておかないといけないだろ。それに華輪も言っていただろ、俺は『暇』が嫌いなんだよ」

御堂は仕方なく、キッチンの電気をつけたままにして床一面に資料を並べた。

東馬は早速、空中で胡坐をかくと顎の無精髭を指でいじりながら、資料を見はじめる。そういえば、寝ぐせのついた髪も無精髭もどれだけいじっても変わらないようだ。

御堂が、そのままベッドへ向かおうとすると、再び東馬に声をかけられた。

「なぁ、禅」

「はい？　今、なんて言いました」

「なんだよ、華輪がそう呼んでたろ」

あなたに名前を呼ばれる筋合いはない、と言おうかと思ったがそのまま黙っておいた。もはや口論するのも面倒だ。

黙っていると、東馬がそのまま続ける。

「そういえばよ――俺の殺しを依頼したのも『アイ』って奴か？」

それは、あまりに唐突で予期せぬ質問だった。東馬がじっとこちらを見つめていた。目ではなくそのずっと奥を覗きこむように。

――ずっと機会を窺っていたのか。

忘れかけていたが、この男は探偵で、こちらにとり憑いた目的は自分の殺害を依頼した人物を探し出す事なのだ。

御堂は、なるべく無表情を保ちながらきっぱりと言う。

「――その答えは、あなたの報酬に繋がるでしょう」

東馬は、しばらく御堂の顔を見つめていたが、

「じゃあ、いいや」

とあっさりと引き下がり、再び資料に目を落とす。

――どうだろうか、何か読み取られただろうか。

実は、東馬の殺害を依頼した人物に関しては、今回の件以上に華輪と揉めた。それほどイレギュラーな案件だったのだ。それが東馬の殺害に失敗した一因でもある。もしそれを知られたら、東馬は今以上に仕事の邪魔をしてくるかもしれない。

御堂は、これ以上詮索されないようにベッドに潜りこんだ。

7

朝三時。携帯電話から流れるエリック・サティの音楽とともに御堂は目覚めた。

もしかすると、昨日の事は全て夢だったのではないかと思ったが、顔を上げると、すぐに透けた体の東馬が目に入ってきた。東馬は、昨日と全く同じ体勢で資料を読みこんでいた。よほど集中していたのか、体を起こした御堂と目をあわせて、「おっ、もう三時か」と呟く。

「……ずっと、それを読んでいたんですか？」

「おう、殺し屋の仕事なんて、そうそう見られるもんじゃねーからな。遠足前の小学生の気分だったぜ。さぁ、頼むぜ相棒」

どうやら寝ている間に、『殺し屋にとり憑いた生霊』という設定を完全に受け入れてしまったようだ。それにしても、自分を殺しかけた殺し屋への新たな依頼に、ここまで前のめりで臨めるものだろうか。とりあえず「相棒ではありません」と断って身支度を調えはじめる。

保存食と服と下着、お守り代わりの銀のシガーケースをショルダーバッグに入れ、黒ぶち眼鏡をかけて部屋を出た。

ターゲットの家までは徒歩で移動する。遠ければ、華輪が車を用意してくれるのだが、資料によればターゲットの住所は中央区（ちゅうおうく）の浜町（はまちょう）となっている。御堂が住む木場からは歩いても四十分ほどでつく。

ほどなく、目的地に到着する。華輪が用意してくれた部屋は、新築の高層マンションで真向かいにターゲットが住むマンションがある。

部屋の中央には、いつものようにゴミ袋と毛布とタオル、そして仕事道具が入ったアタッシュケースが四つ用意されている。

まずは、アタッシュケースから腕時計（うでどけい）を取り出し、腕にはめる（御堂は、腕時計をする習慣がない）。さらに、ビデオカメラを二台取り出し、カーテンの隙間にセットする。一つは、ターゲットの部屋に向けて、もう一つは、マンションの玄関に向けて。ターゲットの部屋は二、三階分下にあり、こちらからはよく見えた。カメラをモニターに繋ぎ、準備を終える。

すると、黙って見ていた東馬から声をかけられた。

「お前ら、相手の部屋の中に直接監視カメラとか置いておかないわけ？」

答える義理はないので御堂は無視をする。

「あっそ、じゃあこれから思いっきり顔近づけるね。口と口がつくくらい重ねるね。

いいよね別に透けているんだから」

　御堂は、ため息を一つ吐いて説明する。

「――相手の警戒度によりますね。今回は人知れずヒーローをしている男という事で、こういう方法がとられたんでしょう」

「ふーん。で、これからどうすんだよ？　まさか、ここからスナイパーライフルで一撃ってわけじゃないんだろ」

「ええ、そんな事はしません。これから、三日間相手を監視するんです」

「はっ？　まさか、それだけじゃないよな」

「それだけです。二十四時間、眠らずに監視し続けてターゲットの行動パターンを探ります」

　大抵のサラリーマンは、決まったルーティーンで平日を過ごし、休日やその前日にそれを乱す。今日は、都合よく月曜日。三日間かけて、ターゲットの行動を把握して、木曜に実行すればいい。というか、前回の仕事から間隔が全く空いていないので肉体的にそれが限界だった。

「じゃあここは、ただの監視部屋って事か……。けどよ、お前普通にべたべたと指紋つけているけど、そういうのはいいわけ？」

「大丈夫です。仕事が終われば、ここに業者が入りますから」

「あぁ、なんかそれ聞いた事あるわ。そういうのを専門にやっている奴らって裏社会の隠語で、『掃除屋』っていうんだろ」

「いえ、『掃除屋』は、死体を処理する人たちの事です。部屋を綺麗にするのは、また別の業者で、『引っ越しセンター』って呼ばれています」

「じゃあ、このアタッシュケースを用意したのは、『レンタル屋』か?」

東馬の口調は少し冗談交じりであったが、御堂は無表情のまま答える。

「いえ、道具だけは華輪さんが用意してくれます」

それだけは、華輪以外の者に任せる事はできない。道具の良し悪しは、そのまま御堂の生死に直結するからだ。

御堂は、はめたばかりの腕時計に目を落とす。まるでオーダーメイドで作ったかのように腕にピタリとはまっている。華輪が、きめ細やかに整備を施しているからだ。

気が引き締まる。ここまでしてくれる華輪をこれ以上落胆させるわけにはいかない。

話を打ち切り、ターゲットが目覚めるまで資料を改めて読みこむ。

ミスター・ラクーンの本名は、磯浦正というらしい。年齢は三十一歳、現在は独身で恋人もいない。ゲームソフト開発で有名な大手企業の子会社に勤めており、企業の

PRや地域おこしのためのマスコットキャラクターのデザインをしている。アライグマを模したヒーロースーツは、そのノウハウを活かして作ったのかもしれない。

ミスター・ラクーンが現れたのは、今から半年ほど前、老人を騙していた詐欺グループを壊滅したのが始まりだった。その後、大手新聞社に声明を出し、一躍時の人になった。内容はこうだ。

『わたしには、愛する人がいた。だが悪しき者によって、帰らぬ人になってしまった。わたしは悪しき者を許さない。お前たちの足を洗わせてやる。顔を洗って待っていろ』

一体どこを洗わせたいのかよく分からなくなるが、ともかくミスター・ラクーンは、その日から宣言通りに犯罪集団をことごとく壊滅させていった。

――それにしても……。

御堂は、ターゲットの顔写真に目を留める。

「――信じられないだろ、こいつがミスター・ラクーンとは」

肩に顎を乗せるように東馬が顔を出してくる。たしかに、ミスター・ラクーンの中身が、この写真の男とはにわかに信じられなかった。

と、ターゲットの部屋のカーテンが勢いよく開かれた。御堂は、瞬時に頭を切り替え、緊張感を高める。

「おっ、お出ましか」と、隣の東馬も弾んだ声を出す。

望遠鏡（ぼうえんきょう）で覗くと、資料そのままの顔がそこにあった。薄（うす）い髪は寝ぐせで乱れ、まるでスチールウールのようになっている。頰と顎は弛（ゆる）み、目の下には大きな隈（くま）ができていた。下着は白のランニングシャツとブリーフパンツ。腹と尻が出ているため、どちらもはちきれそうになっていた。

　磯浦の体形は典型的な中年太りで、あまりにだらしなかった。どう見てもミスター・ラクーンとは思えない。アライグマに似ているといえば似ているのだが……。

　資料によれば、この一ヶ月間、ミスター・ラクーンの目撃情報はほとんどない。自分の正体がばれる事を恐れ、活動の頻度（ひんど）を落としたのかと思ったが、もしかすると単純に太ったからかもしれない。

　腕時計を確認すると、朝の七時。磯浦は、大きく欠伸をすると、まるでゾンビのようにのっそりとした動きで支度を始める。一つ一つの動きが遅いため、部屋を出たのは起床から一時間後、八時過ぎだった。

　その体型だけでなく、生活態度もだらしないようだ。ローテーブルには、昨日の夜に食べたのであろう菓子の袋と潰れたビールの缶が転がっていた。

　御堂も部屋を出て、磯浦の少し後ろを尾行する。磯浦は、大きなリュックサックを背負っており、体も大きいのでよく目立っており尾行しやすかった。資料によれば、会社は秋葉原にある。磯浦は自家用車を持っておらず、電車通勤のようだ。地下鉄で二駅。乗車時間はごく短いが、それなりの満員電車だった。幅をとる磯浦は、周囲から冷たい視線を向けられていた（ちなみに、東馬は勝ち誇った顔で棚の上で寝転がっていた）。

磯浦が勤める会社は、駅からほど近い大きな企業ビルの高層階にあった。御堂は、磯浦が会社に入るのを見届けると、新たな監視ポイントに移動する。

そこは、ラブホテルだった。

御堂は躊躇なく入って行く。これまでの依頼でもラブホテルが監視ポイントに選ばれた事は何度かあったので特に抵抗はなくなっていた。資料で指定されていた部屋に上がると、磯浦の席がちょうど真正面にあった。しかもホテルの窓は全てマジックミラーになっており、監視にはうってつけのようだ。

磯浦は仕事の最中も頻繁に欠伸をしていた。手が止まっている事も多々あり、とても真面目には見えない。ヒーローよりも、ヒーローを殺そうと監視している殺し屋のほうが真面目に仕事をしているとは、全くおかしな状況だ。まぁ、こちらも動きが少ないほうが監視が楽であるため都合はいいのだが。

「なぁ、もっとあいつに近づこうぜ。あそこの入館証とか偽造してよ」

隣の探偵も飽きてきたのか不真面目な事を言いはじめる。

「それが、探偵の言う事ですか？　それに近づけばそれだけ、相手にばれる危険性も増します」

「けどよ、これじゃあいつが本当にミスター・ラクーンかどうかも分からねぇじゃねぇか。近づけば俺が調べてやるからよ。とにかく暇なんだよ。なんか、それっぽい事しようぜ」

「最後のあたり、本音が駄々漏れでしたよ」

御堂は、そう言って軽く受け流したが、心の中ではそれとは裏腹に大きな違和感を抱いていた。——殺し屋と探偵の決定的な違いが分かった気がする。やはり、この人とはどう転んでも上手くいかないだろう。

8

終業は六時だった。磯浦は、一秒もこの場所にいたくないと言わんばかりに会社を出る。御堂が見た限り、磯浦は仕事中、終始無気力だった。唯一活気に満ち溢れていたのは、昼休憩のときに近くの蕎麦屋で天丼とミニそばのセットを掻きこんでいたときだけだった。

　行きと同じ電車に乗り、途中で駅の近くのスーパーに立ち寄り、弁当とスナック菓子と缶ビールを買うと、自宅へと戻る。

　ここまでのところは、ヒーローらしい姿を垣間見せることはなく、ただのしがない中年サラリーマンの一日だった。

　だがここで磯浦は想定外の行動に出る。

　食事もとらず、上下黒のジャージに着替えると、通勤で使っていた大きなリュックを背負い部屋を再び飛び出したのだ。一度監視部屋に戻っていた御堂も、慌てて後を追う。

　――もしかすると、これからミスター・ラクーンの活動を始めるのかもしれない。

　だが磯浦が始めたのは、ただのジョギングのようだった。タオルを首に巻き大きく手を振って走りだす。ジャージはサウナスーツで、リュックには重りが入っているのかもしれない。

　磯浦のジョギングは一時間ほど続いた。御堂は磯浦に気づかれないよう、距離を保ちながら後を追ったが、磯浦の速度はジョギングというよりもウォーキングに近かったので、それほど疲れはしなかったし汗一つ掻かなかった。

それ以降は、特別何も起こらなかった。ジョギングを終えると、部屋に戻りスーパーで買ったビールと弁当を食べ、風呂に入る。そして、夜十時過ぎに、電気が消える。

どうやら今日は、ミスター・ラクーンの活動は一切おこなわないようだ。やはり肥満が原因で、休業状態にあるのかもしれない。

御堂は、磯浦が就寝したのを見届けると、少し緊張を解きシャワーを浴び、作り置きの食事の一つを食べた（これが今日初めての食事だった）。

そこで、「なぁ」と東馬から声をかけられる。

「なんですか？」

「殺し屋って、つまらねぇ仕事だな」

「もっと、魅力(みりょく)があると思っていたんですか？　――人を殺す仕事に」

「いや、そうじゃないけどよ。どこにでもいる中年男性を一日尾行するだけって、いくらなんでもくだらなすぎるだろ。まさかお前、俺のときも同じ事してたわけ？」

「ええ」

「どれくらい？」

「あなたの場合は、変則的な仕事だったので、十四日間です」

東馬が大きく目を見開く。

「おっ、おいちょっと待てよ。まさか、そんな事はねぇと思うけどよ。お前、その間、一睡もしてなかったわけじゃねぇよな」

「えぇ、寝ていませんよ」

「いや、それはおかしいだろ。だってお前、それじゃあ、俺がお前にとり憑いたときに寝ていたのは……」

——十四日ぶりの睡眠だった。

それは、殺し屋としては珍しい事ではない。一流の殺し屋は皆、そういう訓練を積むのだ。それでもやはり体には負担がかかるので、通常は一つの仕事が終わると最低でも一ヶ月は仕事をしない。だが、今回初めてこの男を仕留め損ねてしまった事で、今こうして他のターゲットの監視をしているというわけだ。

「殺し屋って、とんでもないブラック企業だったんだな。お前もアライグマみたいに、足を洗おうとは思わないわけ？　『ちょっとこれから仕事やめてくる』って具合によ」

——それは、できない。殺し屋が、引退するときは死ぬときだ。

こちらが何も答えないと、東馬の表情が少しだけ真剣になった。

「——なぁ、人を殺して楽しいか？」

それは、あまりにもくだらない質問だった。

「楽しいわけないでしょ。楽しかったら、それは殺し屋じゃなくて殺人鬼ですよ」

「違うのか？　殺し屋と殺人鬼は」

もう答えるのも面倒だった。代わりにため息交じりに大きく息を吐き出す。

「なんだその反応は。答えるまでもないって事か。じゃあ聞くけどよ、昨日、華輪に依頼者の名前を聞いていたけどな、お前理由は聞かなかったよな。依頼者がどうして、あの小太りの中年男性に死んで欲しいのか。お前にとっては、重要じゃねぇのか？」

それは、聞かなかったのではない。聞かなくても分かったからだ。依頼者が『アイ』であれば、目的は一つしかないのを知っているからだ。だが、それを説明するのは面倒だったし、説明する理由も特になかったので、そのまま沈黙(ちんもく)を続けた。

東馬は、少し興奮気味に続ける。

「――俺のときはどうだったんだ？」

東馬のときは特殊だったのだ。今度は答えることができなかった。

実は御堂は、東馬の殺害依頼をしてきた人物を――知らない。

珍しく華輪が答えなかったのだ。『わたしたちのためにもこの依頼はおこなわなければいけないの』と言われたので、御堂は渋々納得するしかなかった。

何も答えないでいる御堂を見て、東馬はさらに熱くなっていく。

「なぁ、禅」と磯浦の部屋を指さして言う。

「お前、あの男がミスター・ラクーンじゃなくても殺すのか？」

——やっぱり。これが、探偵と殺し屋の決定的な違いなのだ。

だがやはりそれを説明する気にはなれず、御堂はただただ沈黙を続けた。

9

それから二日間。御堂は、磯浦の監視を黙々と続けた。

磯浦は、判を押したようにほぼ同じルーティーンで日常を繰り返す。違いは、昼食と夜食のメニューくらいだった。（ちなみに、昼食と夜食の摂取カロリーが異常に高く、それが痩せない原因だと分かった）。

磯浦の日常ははっきり言って『退屈』だったが、御堂にとってはこれほどありがたい事はなかった。

規則正しい人ほど——殺しやすいからだ。

行動パターンは大体把握した。計画を練りこむ。最も狙いやすいのは、夜のジョギング中だろう。休日前になれば、いつもと違う行動をとる可能性もある。

――やるとすれば、やはり明日か。

翌日の木曜日、御堂は夕方まで磯浦の監視を続けていたが、いつもと変わらない事を確認すると、先に監視部屋に戻る事にした。

華輪によって用意されていたアタッシュケースの一つを開ける。そこには、多種多様な殺しの道具が詰まっている。サイレンサーが内蔵された特殊な銃。大型のナイフ。電子機器を狂わせる装置……。

――ジョギング中を狙うのならばこれがいいだろう。

御堂が取り出したのは、アイスピックのような物だった。針の部分にはカバーが取りつけられており、すでに薬物が塗りつけられている。この薬物は、オリジナルで調合された物で、微量でも呼吸困難を引き起こす。これを使えば、ジョギング中の心臓麻痺（まひ）として事故死に見せかけることができるだろう。

と、隣でじっと見ていた東馬が、声をかけてくる。

「おい、まさかお前、磯浦を殺すつもりじゃないだろうな」

「どうして、『まさか』なんですか？　殺し屋がターゲットを殺すのは普通でしょう」

「まだ、磯浦がミスター・ラクーンである確証はどこにもないだろうが」

たしかに、張りついている間、磯浦はミスター・ラクーンの活動を一切おこなわなかった。

――だが……。

「あなたは、何か大きな勘違いをしていますけど、僕は探偵じゃないですしましてやあなたの助手でもない。殺し屋ですよ」

「そんな事は分かってるよ。俺は、お前に殺されかけたんだからな」

「いえ、分かっていませんね。僕が調べていたのは、『磯浦正がミスター・ラクーンかどうか』じゃなくて、『いつなら殺せるか』なんですよ」

それが、殺し屋と探偵の決定的な違いだった。だが東馬はまるで納得しない。

「なぁ、前にも聞いたけどよ。お前は、殺し屋であって殺人鬼じゃねぇんだろ。って事は、誰でも殺すわけじゃねぇんだよな？」

「ええ。女性や子どもは、よほどの事がない限り引き受けません。実際に、僕は今までのところ成人男性しか殺した事がありません」

「じゃあよ、今回の依頼はどうなんだ。ミスター・ラクーンを殺すのがお前の仕事なんだろ。だったら、磯浦がミスター・ラクーンかどうかは重要なんじゃねーのかよ」

ふと、東馬の言葉が頭の中で鳴る。

――『本当に俺は死ななくちゃいけないのか？』

思わず針を持つ手に力が入った。……この男は、やはり悪霊だ。

と、そのときだった。

――コンコンッ。

突如、玄関の扉が叩かれる。

すぐさま息を殺す。東馬も驚いたのか、自らの声は御堂と霊感を持つ者以外の誰にも届かないはずなのに、同じように体をピタリと止め玄関を凝視した。

――誰だ？　まさか、磯浦？　いや、磯浦は仕事中のはずだ。それに、こちらの存在に気づいたとしても、突然来訪して来るはずがない。だが、磯浦に仲間がいたとしたら……。

御堂は、手に持ったままだった針を力強く握る。さらに呼吸法を変える。ほぼ無音のまま、玄関へと近づく。扉には、覗き穴がついていなかったので耳を当てた。

と東馬が、ポンと手を叩いて、間の抜けた声を出した。

「そうだ、俺、幽霊だった。見てきてやるよ」

そう言って扉をすり抜けて行く。

――くそっ。

こういうときに東馬を止める方法がないのが、本当にもどかしい。

御堂はそのまま息を殺し、針を握ったまま臨戦態勢をとって玄関を睨んだ。

扉は再びノックされる事なく、コツコツコツと玄関から遠ざかって行く足音が聞こえる。そして東馬が、再び玄関をすり抜け戻って来る。

「誰だったんですか？」

御堂は、そう口にしてすぐに後悔した。東馬が、含み笑いを浮かべていたからだ。

「誰だと思う？　ねぇ、教えて欲しい？　ねぇねぇ」

楽しそうに、御堂の周囲をくるくると回りはじめる。目の奥が熱くなったがぐっと堪えて言う。

「あなたは、僕に協力するんじゃなかったんですか？」

「そんなの嘘に決まってるだろ。あれ？　探偵が嘘吐かないとでも思いました？　ブブー、探偵も嘘吐きます。残念でした！」

「あぁ、そうですか」

これがこの男の本性なのだろう。そもそも探偵が殺し屋に協力するなどありえない事だったのだ。御堂の頭の中で光のような物が弾けた。腹の底で堰き止めていた黒い液体が体全体に広がっていく。我慢の限界だ。アタッシュケースの中から、サイレンサーが内蔵された拳銃を取り出し、持っていた針をしまう。

そして、そのまま部屋を飛び出した。

突然の行動に東馬が驚く。「おい、何してんだよ」と廊下で、宗教の勧誘のチラシを持った男とすれ違う。おそらく、扉をノックしてきたのはこの男だろう。

だがそれが分かったところで、自分の行動を止めるつもりはなかった。

――もっと、早くこうしておくべきだったのだ。

これから東馬を殺しに行こう。

10

「あの、禅君。滅茶苦茶ごめん、最高にごめん、今世紀最大にごめんなさい。俺が、悪かったよ。だからさ、もうこんな事やめようよ」

部屋を出てから東馬はずっとこの調子だが、御堂は何も返さない。

マンションを出て、東馬が運びこまれた港区にある大学病院へと向かった。足には、タクシーを使った。タクシーの車内は録画されているので、本来なら仕事前に使用する事は絶対にないのだが、もはや東馬を殺す事ができれば後の事はどうなってもいい気分だった。

病院につくと、正面玄関から堂々と入る。事件から四日経っていたが、玄関にはいまだ多くのマスコミと警察官がいた。そのマスコミの動きから、東馬がいるのが入院棟の最上階である事が分かる。

御堂は、そのまま入院棟に入りエレベーターに乗りこむ。おそらくここから先は多くの警察官がいるだろうが、もうここまで来れば関係ない。鞄の中に手を突っ込みそこに入っている拳銃を握る。

東馬は、いまだ喚いている。

「おい、謝ってんだろ。いいからやめろよ！　お前俺を怒らせたらどうなるか分かってんの？　俺、幽霊だよ。これからお前がどこで写真撮っても写りこむぞ。お前がオーストラリアに行って、可愛いコアラと撮ろうとしてもその間に割りこむからな。いいのか、えっ？」

それは嫌だが、御堂は無視して最上階のボタンを押す。

だが……いくら押しても最上階のボタンは、点灯しなかった。どうやら、セキュリティカードがなければ反応しないようになっているようだ。

御堂は怒りのあまり拳で扉を強く殴る。ドンッと低い音がエレベーター内に響き、揺れる。その音と揺れが収まるとエレベーターの中は静まり返り、御堂の荒れた呼吸音だけが聞こえた。それはまさに獣の息遣いで、体の内側ではなく全く別のところから発せられているようだった。

御堂は、それを聞いているうちにようやく我に戻る。

——僕は、一体何をしているんだ？　ここまで来れば関係ない？　周囲には警察官が大勢いるんだぞ。その人たちを皆殺すつもりだったのか？

自分がいかに愚かで命知らずな行動をとっていたのか、ようやく気がついた。

どうして東馬の挑発にやすやすと乗ってしまったのだ？　我を忘れるほどの怒りを抱かせる原因は何なのだろう？

いや、今はそれを考えている場合ではない。ここを速やかに立ち去らなくては——。

が、ボタンを押す前に扉が開く。目の前にパンツスーツを着た女性が立っていた。

エレベーターは御堂が乗ってから全く動いておらず、一階に止まったままだったのだ。

御堂は、すぐに女性が何者であるのかを悟った。

——刑事だ。

刑事には特有の匂いがあり、御堂はその匂いに敏感だった。

と、それまで喚いていた東馬が少し狼狽えながら言う。

「おっ、おい、こいつは刑事だぞ。逃げろ！」

明らかに様子が変だった。

女性刑事は、御堂の事を不審がっていた。思わず、鞄の中の銃に手が伸びそうになる。だが、先に女性刑事が口を開いた。

「あの……、もしかしてあいつの、東馬京のお知り合いですか？」

——あいつ？

御堂は、女性刑事に怪しまれないよう視線を東馬に向ける。東馬は、ばつが悪そうに目を泳がせている。どうやら、この女性刑事と東馬は顔見知りらしい。

「ええ、まぁ」と返事をしてみる。

「どこで、あいつと？」

女性刑事の目が少し鋭くなる。『東馬が解決した事件の関係者』というのが一番手っ取り早い嘘だが、万が一、女性刑事がその事件に関わっていた場合厄介な事になる。

——ここは……。「実は、子どもの頃にちょっと知り合って——」

「えっ？」

女性刑事は、一気に顔を明るくさせた。細められていた目が広がる。

――どうやら、正解を引いたようだ。

「よければ、話を聞かせて貰えない？」

そう言って女性刑事は、背後にある病院内の喫茶店を指す。

「まだ、あいつ意識戻ってないから今は誰も面会できないし。ねっ」

――どうする？　こちらを怪しんで、探りを入れている可能性もあるが……。

もう一度東馬の顔を確認する。東馬は御堂の意図を悟ったのか声を荒げる。

「おいおい、お前は殺し屋だぞ。刑事とお茶してどうするんだ」

やはり、この女性刑事と御堂が接触するのは、あまり都合のいい事ではないらしい。

御堂は、覚悟を決めて、女性刑事の誘いに応じる事にする。

11

女性刑事は、席につくなり「ごめんね紹介遅れて」と、名刺を手渡してきた。そこには、『警視庁組織犯罪対策第四課　巽円香』と書かれてある。

「たつみ、まどかさん」と口に出して読み上げると、「まどかでいいですよ」と先程とはうって変わって優しい笑みを浮かべる。下の名前で呼んでくれと言う刑事がこの世にいる事に、御堂は強い衝撃を受けた。しかも、この名刺に書かれてある組織犯罪対策第四課というのは、通称『ソタイ』と呼ばれる暴力団を相手にする部署だ。

御堂は、何も知らない大学生の顔をして、「では、円香さん」と呼んでおく。

「で、あいつとは、どこで知り合ったの？」

向こうにペースを握られたくはないので、すぐには答えない。

「あの……すいません」と申し訳なさそうに言い、先にあなたがどんな関係か話して貰えませんかという空気を作る。

巽円香は察すると「あぁ、ごめんなさい」と言って説明を始める。

「わたし、ちょっと前まで捜査一課っていうドラマとかに出てくる殺人事件とかを担当する、いわゆるザ・刑事な部署にいてね。覚えていないかな、二年前に、ぬれ煎餅を犯行現場に置いていく連続殺人事件があったの……」

「あぁ、ぬれ煎餅殺人事件」東馬が解決した事件の一つだ。御堂はテレビを見ないので、そんなとんちんかんな事件があった事を東馬の調査をするまで知らなかった。

「そうそう。あの事件の捜査にわたしも参加していてね。それで知り合ったってわけ」

「なるほど」

　とちらりと東馬を見ると、なぜか眉間に皺を寄せて「別に知り合いってだけだぞ」と怒りだす。どうして恋人にするような言い訳をしだしたのかまるで分らないし、そもそも調査時に恋人がいない事は知っている。

「そっちは？　えっと、そういえばまだ名前を聞いてなかったか……」

「御堂禅です」

　と正直に答えておく。どうせ、その名前で調べても何も出てこない。

「じゃあ御堂君ね。で、御堂君は、どこであいつと知り合ったの？　さっき子どもの頃って言ってたけど」

　御堂は、用意していた作り話をする。

「オーディションで出会って——」

「えっ、それってもしかしてクイズ少年時代？」

「ええ。僕はオーディションに落ちちゃったんで、子どもの頃に一度会っただけだったんですけど、ニュースで見てちょっと心配になっちゃって」

「じゃあ御堂君は、昔子役か何かをやっていたの？　もしかして、今も俳優？　そういえば、可愛い顔をしているよね」

巽円香は、ニコニコと笑顔を向けてくる。『可愛い顔』というフレーズは御堂を少し傷つけたが、今は笑顔を返しておく。どういうわけか普段から歳上の女性に好感を抱かれる事が多く、対応にはなれていた。

「いえいえ、俳優なんてとんでもない。オーディションを受けたのは、あの一回きりです」

「へぇー。なんだか俳優っぽいと思ったんだけどな」

「どのあたりがですか？」と御堂は照れ臭そうな演技とともに眼鏡のブリッジを上げる。

「――いや、わたしを前にしても、全然動じないから」

と言った直後、巽円香の雰囲気が少し変わる。周囲を包む空気に粘り気が出て、御堂の体に纏わりつくようだった。どうやらこちらを揺さぶっているらしい。

それまでずっと黙っていた東馬が「ほらな」と耳元で呟く。

「俺が忠告してやったのに無視するからこういう事になるんだよ。お前今、探られてるんだぞ。そいつは花蜘蛛みたいな奴だからな。見た目に油断させられると搦めとられるぞ」

たしかにただの刑事ではないようだ。そういえば風の噂でソタイに『熊殺し』と呼ばれる女刑事がいると聞いた事がある。熊本という名の大親分を引退に追いこんだ事からその名がつけられたらしいが、まさか巽円香がその『熊殺し』なのだろうか。

だが御堂だってなんの意図もなく相手の懐に飛びこんだわけではない。ここでこの女性刑事と良い関係を築く事ができれば、東馬の体に接触できるチャンスが訪れるかもしれない。御堂は、精一杯の笑みを浮かべて言う。

「円香さんが、優しくて話しやすいんで、リラックスしているだけですよ」

巽円香はしばらくこちらの腹の内を探るようにじっと見つめていたが、やがてふっと緊張を解くと「えっ、そうかな」と笑顔を浮かべる。

だが油断はできない。そのまま向こうの反応を見る。

「……まぁ、でも御堂君がこうして会いに来てくれて、あいつも嬉しいと思うよ」

「嬉しくなんかねぇよ。俺は、こいつに殺されかけたんだよ！」

と、東馬がすかさず突っこむが、もちろんその声は巽円香には届いていない。

「実はね、あいつの見舞いに来たの、御堂君が初めてなんだ」

「えっ？」「はっ？」と、御堂と東馬は、ほぼ同時に声を上げた。

「よっぽど嫌われていたみたい……」

東馬が探偵として解決した事件は、これまで二十件以上あったのではないか。いくら嫌われていたとはいえ、その関係者たちも訪れてはいないのだろうか。だとしたら、想像を絶する嫌われっぷりだ。殺し屋でもここまで嫌われる事はないだろう。

東馬は、よほどショックだったのか少し声を震わせながら、「まっ、まぁ、俺の名推理で助けてやった奴らは、俺の顔を見ると事件の事を思い出しちゃうかもしれないしな」とよく分からない言い訳を呟く。

「でも……」と巽円香が続ける。顔が少し、険しくなっていた。

「あんな目に遭わなくても、いいと思わない？　たしかにあいつは、他人のミスを絶対に許さない器のちっちゃい男で、自分勝手でがさつで、服も車もボロボロでだっさいし――」

「おい、言いすぎだろ」と東馬が耐えきれずつっこむ。

その声が聞こえていない巽円香は続ける。

「けどさ、思いやりがないわけじゃないんだよ。伝わりづらいだけでね」

御堂はもう一度東馬にちらりと顔を向ける。

東馬は照れ臭そうにこめかみのあたりを掻いていたが、御堂の視線に気づくとまたしても怒りだす。

「なんだよ、何見てんだよ。俺の顔になんかついていているのかよ」

御堂は、憑いているのはあなた自身でしょ、と思いながらも黙っておいた。

と、巽円香は、腕時計に目を落とすと「あっ、もうこんな時間だ」と立ち上がり、「ごめん、御堂君。こちらから誘っておいて。じゃあ、わたしこれで行くね。また何かあったら、電話して」と言って、伝票を持って足早に去って行った。

あまりにマイペースではあるが、御堂は不思議と嫌な気分にはならなかった。

巽円香か……。鋭さだけでなく、母性的な優しさも兼ね備えている変わった刑事だ。

御堂は、名刺をポケットに入れながらふと横目で東馬の顔を見る。

東馬は、喫茶店の入口のあたりを少し名残惜(なごりお)しそうな表情を浮かべながら、じっと見つめていた。やはり、巽円香とは何かしらの深い関わりがあるのかもしれない。

と、そこまで考えて、自分は一体ここで何をしているんだと我に返る。そして、先程の巽円香の言葉が頭の中で鳴る。

――『思いやりがないわけじゃないんだよ。伝わりづらいだけでね』

もしかすると、東馬はわざと自分を怒らせ、磯浦から目を逸らさせようとしていたのではないか。そうだ、この男は探偵で、常に何かしらの思惑を持って行動しているのだ。

もう惑わされてはいけない。御堂は、立ち上がり、喫茶店を出た。

12

急いで監視部屋へと戻る。時刻は、夜の七時を過ぎていた。

もう少しすれば磯浦が帰ってくる。そして、いつものようにジョギングに出かけるだろう。

暗くなった空を見ると、今日はちょうど新月だった。雨が降る様子もない。

――やはり、今日しかない。

御堂は、改めてアタッシュケースの中から薬品が塗られたアイスピックに似た形の針を取り出す。

そして、ゆっくりと深く息を吸いそれを一気に吐き出すと、気を静め集中する。鞄の中から育ての父親の遺品である銀のシガーケースを取り出す。中を開けるとマッシュルームみたいな形の潰れた銃弾が一つ入っている。

「シルバーチップか」と東馬が呟く。

探偵ともなれば、弾丸の種類にも詳しいらしい。たしかにこれは、『シルバーチップ』という。弾頭が凹んだホローポイント弾の一種で、目標に当たると先端が潰れ、マッシュルームのような形になる物だ。

「それが名前の由来か。——それで、誰が誰を殺したんだ？」

御堂はそれには答えなかった。潰れた弾丸(シルバーチップ)に集中し、殺し屋としてのスイッチを入れる。

——自分の意思を捨てる。心を溶かしていく、体を透けさせていく。

と、磯浦の部屋の明かりがつく。帰ってきたようだ。磯浦は、そそくさといつものジャージに着替えると、重りが入っているのであろうリュックを背負い外へと飛び出す。

御堂も、針を上着の内側に忍ばせ、後を追う。

13

磯浦は、競歩(きょうほ)のように大きく腕を振りながら、汗だくでジョギングをおこなっている。御堂は機会を窺いながら、その少し後ろを尾行する。

いつものコースだ。そろそろ、人気(ひとけ)のない路地裏へと入って行く。

そこで速やかに背後に近づき、針を背中に突き刺す——。

おそらく、悲鳴を上げる事もできず、呼吸困難に陥り、倒れるはずだ。

と、この期(ご)に及んで東馬が横やりを入れてくる。

「なぁ……マジであのおっさんをこれから殺すのかよ」

御堂は、集中を切らさないように磯浦を尾行しながら、東馬に向かって小さな声で呟く。

「何を今さら」

「でもよ」と東馬は言って、ふわりと御堂の真正面に立つとこう続けた。

――「あのおっさん、ミスター・ラクーンじゃねぇぞ」

思わず足が止まる。

「……どうして、あなたにそれが分かるんですか？」

「そんなの決まってるだろ。俺が探偵だからだよ。俺の推理力をもってすれば、簡単に分かっちゃうんだよ」

はぁ、と御堂はため息を吐き、再び磯浦の後を追う。向かいあっていた東馬の体をすり抜けて行く。今のも嘘だ。少し取り乱した自分が恥ずかしくなる。

「あっ、お前、今俺が嘘を吐いていると思っただろ。まぁ、いいよそれでも。そういえば、お前には関係ないんだもんな。あいつが、ミスター・ラクーンかどうか。あぁ、そうだそうだ。こりゃ失礼いたしました」

御堂は瞬間的に沸いた怒りを必死に抑えた。東馬のペースにのってはダメだ。

だが、東馬の言葉は頭に残り続ける。

——もし、本当に東馬が何かを見つけ出したのだとしたら？

——いや、今回の依頼者は、『アイ』なのだ。アイの情報はたしかなはずだ。

——それでも、調査中に磯浦はミスター・ラクーンに変身しなかった。

頭の中が肯定と否定でぐちゃぐちゃに掻き乱される。それを御堂は強引に掻き消し、意識を磯浦に向けた。

——そうだ。僕には、関係ない事だ。

磯浦が、呼吸を荒れさせ汗を掻きながら、路地裏へと入って行く。いつものジョギングコースの中で、外灯の数が少なく最も人気が少ない場所。

——よし、今だ。

御堂は、隠し持っていた針を手に持ち、足早に磯浦の背後に忍び寄って行く。

そのとき、遠くから悲鳴が聞こえた。

「やめてください！」

緊迫した女性の声だった。磯浦ははっと立ち止まると、声がしたほうへ走って行く。

いつものジョギングコースから大きく外れていく。

　御堂は頭の中で舌打ちを一つすると、すぐに意識を切り替えた。予期せぬ事態にも即座に対応してこそプロの殺し屋だ。針を再び、上着の内側にしまうと、磯浦を追う。

　公園で、制服を着た女子高生が男二人に絡まれているところだった。男二人は、御堂と同じ歳くらいだろう。どちらも柄が悪そうな外見をしており、一方は両腕にタトゥーが入っており、一方は顔のいたるところにピアスをつけていた。

　タトゥーのほうが、「ちょっと遊ぼうよ」と女子高生の腕を掴み、ピアスのほうが逃げられないように前に立ち塞がっている。二人ともへらへらと笑っているが、女子高生は今にも泣きそうだ。

　それを目撃した磯浦は、まるで大一番を控えた相撲取りのように両頬を掌で強く叩くと、「よし」と自らを鼓舞し、公園のトイレに入って行く。

　公園のトイレは、引き戸の個室が一つあるだけで、しかもその引き戸は壊れていたためこちらからは丸見えになってしまうのだが、磯浦はよほど慌てているのかそこで背負っていたリュックを降ろすと中から何かを取り出す。

　そこには重りを入れていると思っていたのだが、取り出したのは黒のヒーロースーツ、まさしく『ミスター・ラクーン』の物だった。どうやら、ただのジョギングではなく、パトロールも兼ねていたようだ。

それはいうまでもなく磯浦がミスター・ラクーンであるという決定的な証拠だった。

と、東馬が言ってくる。

「なんだ嬉しそうだな。お前にとっては、どうでもいいんじゃなかったのか？」

——嬉しそう？

御堂は、東馬に指摘されてたしかに自分が喜んでいる事に気がついた。どうして、自分は磯浦がミスター・ラクーンであった事を確認できてホッとしているのだ。

東馬が、さらに続けてくる。

「けどよ、よく見てみろよ。あれが、本当にヒーローだと思うか？」

磯浦は、ミスター・ラクーンのスーツに必死に着替えようとしているが、素材が水着のような伸縮率の高い物らしく、なかなか上手く足を通す事ができない。すでに下着姿になっているため、こちらからブリーフのパンツが丸見えになっている。

と、女子高生が再び悲鳴をあげる。「放してよ！」

磯浦は、着替えが上手くいかず少しパニックになったのか、先に覆面だけつけると、スーツは片足しか通っていないのにも拘わらず、「やめろ！」と女子高生と男たちが揉みあっているところへ、飛び出す。

だが、案の定バランスを崩し転んでしまう。

それを見た男二人は、一瞬啞然としたが、やがてぷっと吹き出すと大笑いしはじめた。そして、その笑いをさらに狂気的なものへと変化させると、ピアスが助走をつけて転んでいた磯浦の腹を思いきり蹴り上げる。

「ぐわっ」と磯浦は蛙のような悲鳴をあげる。

続いたタトゥーも磯浦を踏みつけながら、罵る。

「なんだお前、それでミスター・ラクーンにでもなったつもりか？」

磯浦は、頭を押さえ亀のように丸まるのがやっとだった。御堂の位置からは、ブリーフのパンツが丸見えで、そこだけ切り取るとまるで体を丸めた白いウサギに見えた。

東馬が呟く。

「ありゃ、どう見ても、ただのおっさんだろ」

たしかに、今の磯浦の姿からは、組事務所をたった一人で壊滅させた強靭さは微塵も感じ取れない。

ピアスは、蹴りつかれたのか、今度はポケットからバタフライナイフを取り出す。

東馬が言う。「おい、いいのか？　お前が殺そうとしている奴が、別の誰かに殺されようとしているぞ」

御堂は、頭が痛くなり思わずこめかみのあたりを押さえる。

——なんなのだ、これは？　どうして殺し屋である自分が、ターゲットを守らなくてはいけないのだ？

だが、たしかに東馬の言う通り、このまま見過ごすわけにもいかない。御堂は、小さく首を振ると、磯浦たちのところへ向かう。

タトゥーとピアスが、御堂に気づく。ピアスが言う。

「おい、なんなんだよ次から次へと。今度は、お坊ちゃんかよ」

御堂は、無表情のまま、眼鏡のブリッジを上げて言う。

「お坊ちゃんだけじゃなく、悪霊も来ていますよ」

「あん？　何を——」

ピアスは何か続けようとしていたみたいだが、御堂は待たなかった。

間を一気に詰める。

右手の甲を鞭（むち）のように振り、ピアスが持っているバタフライナイフを叩き落とす。

さらに、左の掌底（しょうてい）をピアスの顎に入れると、一歩前に出て左腕を折りたたみ肘をこめかみに叩きこむ。

ほんの一瞬の出来事だった。そのままピアスは、気絶し地面に倒れる。

御堂は、すぐに近くで腰を抜かしていた女子高生に近づき、囁く。

「今のうちに逃げて」

それでも女子高生はいまだ何が起きているのかよく分かっておらず、じっと御堂の顔を見ていたが、もう一度「さぁ」と呼びかけると、気を動転させながらも何度か素早く頷き、慌てて立ち上がるとそのまま走り去って行く。

背後から怒鳴り声が聞こえる。

「てめぇ、ぶっ殺すぞ！」

どうやら、唖然としていたタトゥーも自分が置かれている状況を理解しはじめたようだ。が、遅い。御堂は、地面に落ちていたピアスのバタフライナイフを右手で素早く取ると、タトゥーの前に差し出す。

「うっ」とタトゥーが怯む。

御堂は、その硬直を見逃さず、左手を拳にするとタトゥーの腹に一撃入れる。

タトゥーは呻き、体がくの字になる。

素早くタトゥーの後ろに回ると、膝の裏を蹴り跪かせ、首筋にナイフを当てる。

そして、抑揚のない声で言い放つ。

「さっき、僕の事をぶっ殺すって言いましたよね。では、これは正当防衛ですね」

東馬が背後から叫んでくる。

「おい、そいつは関係ないだろ。殺すな！」

が、御堂は、さらに強くタトゥーの首筋にナイフを食いこませる。

タトゥーも声を振り絞りながら、叫ぶ。

「ゆ、許してください！　た、助けて！」

御堂は、ちらりと東馬に目線をあわせる。東馬がこちらを睨みつけていた。御堂は、ふっと息を吐くと、ナイフを持つ手の力を抜く。

――ただの脅しだ、元より殺すつもりはない。

「その人を連れて、さっさと僕の前から消えて貰えますか」

タトゥーにそう伝えると、タトゥーは気絶しているピアスに肩をかし、逃げるように公園を去って行く。

――さて、どうしたものか。

御堂の足元で、亀とウサギを体で表現する磯浦がいた。

御堂が「あの……」と声をかけると、磯浦は恐る恐る顔を上げる。顔は、涙と鼻血でグシャグシャになっていた。そして、タトゥーとピアスがいない事をたしかめると、御堂の足に縋（すが）りつき叫ぶ。

「で、弟子にしてください！」

東馬が隣でぷっと吹き出したが、御堂は全く笑う気にはなれなかった。ヒーローが殺し屋の弟子になるなんて聞いた事がない。

14

とりあえず弟子の件を速やかに断ると、落ち着かせるために磯浦を公園のベンチに座らせる。御堂も隣に座った。

すると磯浦は、腫(は)れた顔を押さえながら、聞いてもいないのに独白を始めた。

「わたし、こんな格好をしていますが、本物のミスター・ラクーンじゃないんです」

御堂はさほど落胆はしなかった。この残念な状況を見ていればそんな事は言われなくても分かる。

磯浦が続ける。

「こんな歳して何を言っているんだと思われるかもしれませんが、違う自分に……いや、本当の自分に、なりたかったんです」

御堂は、そんな歳して何を言っているんだと思いながら聞いた。

「……本当の自分ですか？」

「はい。小さい頃に憧れた自分です。自分が正しいと思った事に一直線に向かっていく、わたしはそういう人間になりたかった。なると思っていた。でも、今のわたしは、いつも言い訳をしてばかりで……自分で自分に課したルールさえろくに守れないだらしない人間になってしまった」

そう言って、磯浦は自分の体に視線を落とし、腹の贅肉を摑んだ。それはまるで独立した生き物のようにゆさゆさと磯浦の手の中で揺れた。

「それで、テレビで見たミスター・ラクーンに憧れたんですか？」

「いいえ、そうではありません。ミスター・ラクーンはわたしの友達です」

「えっ？」

「名前は言えませんが、あれはわたしの古い友人です。あいつ、結婚を約束していた彼女がいたんですけど、車に撥ねられて死んでしまって。その車を運転していた男が、クスリをしていた事を知って、それで悪人を憎むようになって……。それで、わたしのところに来て、悪い奴を倒すヒーローになりたいって。実はわたし、キャラクターのデザインをする仕事をしていまして。ちょっと危ういかなと思ったんですけど、あいつの熱意に胸を打たれて、それでスーツを作るのを手伝ったんです。ちなみに、アライグマをモチーフに選んだのはわたしです。わたし、アライグマが好きなもので。ナガオからは反対されたんですが……」

磯浦は、テヘへと頭を掻く。先程まで、伏せていた友人の名前を簡単に零してしまった事には気づいていないようだ。

「ですが」と、磯浦は笑みを消す。「あいつ、突然連絡とれなくなって。最近、少し考えが過激になりつつあったから、多分、よくない事に巻きこまれたんだと思います……。それで――」

御堂は後を引き取る。

「代わりに、自分がミスター・ラクーンになった、と」

「ええ。……でも、全然だめでした。ナガオは、元々自衛隊員だった事もあって身体能力が高かったんですが、わたしはこの体型でしょ。色々頑張ってはみたんですが……」

友人のナガオ氏が元自衛隊員である事まで分かってしまった。磯浦は、人はいいようだが思慮が浅いようだ。

項垂れる磯浦が無警戒に首筋を見せる。

御堂はゆっくりと上着の内側に手を忍ばせる。

――どんな理由があるにせよ、この男がターゲットである事に変わりはない。

と、東馬が言った。

「なぁ、華輪が俺に言った言葉を覚えているか？」

御堂は思わず手を止める。東馬が続ける。

「あいつは、こう言ったんだ。『殺さなくてもいい人は、殺さない』。こいつは——殺さなくちゃいけない奴か？」

磯浦には東馬の姿が見えていないので、御堂は心で反論する。

——僕にとっては、そうだ。

「いや、違うね」東馬が、御堂の心を見透かすように言う。「こいつは、本物のミスター・ラクーンじゃない。こいつを殺してもなんの意味もねぇんだよ」

——どうしてあなたが、そう言いきれる？

「華輪は、どうしてお前にこの依頼を持ってきた？　あいつはこう言ったよな。『信用回復』だって。だから、世間的に有名な、ミスター・ラクーンを狙ったんだろ。けど、こいつは偽物だ。こいつを殺して、お前の信用が回復するか？　むしろ、間違って偽物を殺したって言われるだけだぞ」

御堂は、唾を一つ飲む。

——腹立たしいが、東馬の言っている事は何から何まで正しかった。

だが、それでも針を持つ手を離そうとは思わない。

東馬が、続ける。

「それとな、あの『アイ』って依頼者。そもそも存在しないんだろ」

鼓動が一つ、ドクンと大きく高鳴った。

「俺は、あの名前を聞いたときから怪しんでたんだよ。普段仏頂面（ぶっちょうづら）のお前が、微かに顔をしかめたからな。あれは殺し屋の隠語か何かだろ、『i』ってのは、虚数単位のことだからな、存在しないって意味なんだろ」

たしかに『アイ』とは、華輪こそが依頼者だという意味だ。初めて御堂が仕事をおこなったときの依頼者は、華輪だった。御堂の実力を裏社会に知らしめるために、華輪が探してきたターゲットを始末したのだ。今回も同じだ。

御堂は、華輪の意図を察したからこそ、依頼者の動機を聞かなかったのだ。

「なぁ、禅。俺の代わりに、こいつを殺すな」

御堂はふっと力を抜いて——針から手を離した。

たしかにそうだ。磯浦は、御堂が殺すべき人間ではない。

磯浦に言う。

「もう、こんな危ない事はやめてください。別にヒーローにならなくたって——本当の自分にはなれるでしょ」

　磯浦は、涙を流しながら頷いた。

「えぇ、そうですね。今回の事で懲りました」

　そして、感極まったのか抱きついてこようとする。だが涙と鼻水と鼻血が混ざった物が衣服につくのは不愉快だったので、両手で押し返しておいた。

　磯浦は、御堂に何度もお礼を言った後、帰って行った。御堂には、これで正しかったのかどうかは分からない。磯浦の背中を見ながら、思わず本音が零れた。

「結局、信用回復ができなかった……。もう、殺し屋としては終わりかもしれない」

　と隣にいた東馬があっけらかんと言う。

「そんな事ねぇよ。ミスター・ラクーンを殺した事にすればいいだろ。もう、ミスター・ラクーンはこの世に現れねぇんだから」

「いや、本物がまだどこかで生きているかもしれないでしょ」

「そりゃ、大丈夫だ」

「どうして、そう言いきれるんですか？」

「本物は、俺が捕まえた」

「えっ？」

「あいつが言っていたナガオって奴はな、正義感が歪んじまって政治家を狙おうとしはじめたんだ。それを俺が阻止し捕まえた。けど、世間には公表されなかった。刑務所で絶対復讐にあうからな」

「じゃあ、あの人がミスター・ラクーンじゃないって、最初から分かっていたんですか？」

「あぁ、まぁな」

「まぁな、じゃないでしょ」御堂は、思わずため息を吐く。「そんなの、推理でも何でもないじゃないですか」

「あぁ、そうだ。探偵がいつも推理しなくちゃいけないって誰か決めたのか？」

東馬はそう言って、なぜか自信満々に胸を張る。そして、さらにこう続けてくる。

「殺し屋だって同じだろ。——いつも誰かを殺さなきゃいけないわけじゃない」

御堂は瞬間的に納得しかけたが、すぐに不快感が波のように押し寄せ、その思いを掻き消していく。そして、このまま好き勝手言わせておくのも癪なのでこちらからも一つ伝えておく事にする。実は先程東馬が披露した推理の中で、一つ間違いがあった。

「『アイ』っていうのは、虚数単位の事じゃないですよ。あれは、『依頼者は華輪さん自身』、つまり『I』って意味です」

「はっ？　おい、嘘だろ。そんな分かりやすい隠語があるかよ」

「別に、僕と華輪さんとの間で分かれば、なんでもよかったんですよ」

「なんだそりゃ」そう言って、背後をプカプカと浮きながらついて来る悪霊の探偵が豪快に笑う。

第二章

『蛇の毒は強すぎてはいけない』

1

「一ヶ月です」

御堂は、扉を開いた瞬間に、華輪の顔を見た瞬間に、そう口にしていた。半ば無意識だった。『Water Lily』の扉を常日頃から固く閉ざしている自分の心の扉と重ねてしまい、感情を解き放ってしまったのかもしれない。もしくは単純に、久しぶりに見た華輪の顔にホッとしたのかもしれない。ともかく、それは積もりに積もった不満の声だった。

出会い拍子であったから、華輪はクリクリとした目をさらに丸くさせる。

「何？　一ヶ月間私と会えなくて寂しかったって事？　もっと早く会いたかったの？」

「違います」

と御堂は冷静に否定する。たしかに、華輪と会うのは一ヶ月ぶりではあったのだが、そういう意味で言ったのではない。「これですよ」と、親指で隣を指す。

そこには、宙を浮く体の透けた男、御堂にとり憑く名探偵の生霊、東馬がいた。

「これとはなんだ、これとは」と言ってくるが、無視して華輪に訴える。

「僕が、この人はいつまでとり憑いているんですかって聞いたときに、華輪さん言いましたよね。『生霊というのは、限定的な存在だからそんなに長くはないわよ』って。あれから一ヶ月経ちました。一ヶ月ですよ、一ヶ月。一ヶ月は、とり憑かれている期間として十分に長いと僕は思うんですが……」

東馬が海に浮かぶ流木のように御堂の周囲をプカプカ漂いながら言う。

「お前の説明も長いけどな」

華輪は微笑みながらうんうんと頷いて、御堂の背後を指す。

「ともかく、扉をしめよっか禅君」

そう言われて、扉の上部についた鈴が鳴り続けていた事に気がついた。

御堂は、「すいません」ととりあえず謝ってから慌てて扉をしめる。

さらに華輪は、なれた手つきで炭酸水を出しカウンターチェアを勧めてくる。

「あのとき説明した、この探偵さんの生霊がいなくなる条件覚えている？」

忘れるわけがない。全部で三つだ。

華輪は、「あのとき禅君持って帰らなかったから取っておいたの」と三つの条件が書かれたコースターをわざわざカウンターの中から取り出す。御堂は、それがなくとも覚えていたのだが、椅子に腰を下ろしながら、一応目を落とした。

1、生霊の体が死ぬ事
2、生霊が体に戻る事
3、憑かれている人が死ぬ事

華輪は、その1のところを指でトントンと叩く。

「前にも言ったけれど、瀕死の状態にならなければ生霊にはならない。で、普通は瀕死になったらそう長くは保たないでしょ。わたしはそういう意味で『長くはない』って言ったのよ。けど、医学が進歩してしまったのか――」

と東馬に目を向ける。御堂は察し、その後に続く言葉を引き取る。

「この男がしぶといからか」

東馬がふんと鼻を鳴らす。

「人を害虫みたいにいうんじゃねぇよ」

それはありとあらゆる害虫に失礼だろ、と御堂は思ったが口にはしなかった。代わりに華輪に提案する。

「やはり、とどめを刺しに行ったほうがいいんじゃないですか？」

だが華輪は露骨に顔をしかめる。

「ダメよ。わたしが調べたところによると、この探偵さんはまだ一般病棟には移っていない。ＩＣＵからは出たらしいけど、今はＨＣＵ、準集中治療室にいるらしいわ」

「おい、それは本当か？」

と今度は東馬が顔をしかめた。いまだにＨＣＵにいる事を懸念しているのだろう。東馬は撃たれた後、すぐに手術を受けている。本来ならば、一般病棟に移されてもいい頃だ。術後の状況があまりよくないのかもしれない。御堂にとってそれは、朗報でもあり悲報でもあった。ＨＣＵにいるのならば、忍びこんで殺すのはたしかに難しいかもしれない。

「まぁ、そういう事だから、もうしばらくは、この探偵さんと一緒に過ごさなくてはいけないわね」

今度は『もうしばらく』かと御堂は頭を痛める。

と黙っている御堂を見て華輪が意識を自分に向けさせようとテーブルを指で叩く。

「……ねぇ、そろそろ、仕事の話をしたいんだけれど」

たしかに、ここに来たのは東馬がいつまでとり憑いているのかを聞くためではなく、新たな依頼内容が舞いこんできたと呼び出されたからだ。だが、御堂はやはりそれにも不満があった。

「いえ、ちょっと待ってください。前回は、信用回復のためやむなくやりましたが、もう二度とこの人にとり憑かれた状態で仕事をしたくありません」

ここはしっかりと今後について話しあっておいたほうがいいだろうと思いきって真情を吐露したのだが、そこで東馬が「おう、それに関しては俺も同感だ」と空気を読まずに割って入ってくる。

「華輪、お前約束したよな。俺の殺害依頼をした人物を教えるって。俺はまだ聞いてないぞ。契約違反だ！」

意見を言ったのはこちらが先であったのにも拘わらず、華輪は、東馬と向かいあう。

「探偵さん、あなたも約束したはずよ、協力するかどうかはともかく邪魔はしないって。禅君から聞いたわよ、ミスター・ラクーンの一件では散々邪魔してくれたそうじゃない」

東馬は、心当たりがありすぎるのか、顔を一瞬歪めたが、それでも勢いを止めない。

「だが、上手くいったのは間違いないだろう。誰も殺さずに、こいつの評判を戻したんだからな。俺には、成功報酬を受け取る資格があるだろ」

「何を言っているの、あなたが最初からあの人は偽物だって教えてくれていれば、もっと簡単にけりはついていたのよ」

御堂は二人の応酬を複雑な思いで聞いていた。まず、殺しの話をしているはずなのに、その中心にいる殺し屋の意見が全く無視されている事に不満がある。さらに、東馬の言い分を聞いて少し共感しかけている事に気づき、驚きと戸惑いが入り混じってくる。

そして、それらの感情の源流を辿っていくと行き着くのは――『華輪への疑念』だ。前回のミスター・ラクーン殺害の依頼者は、『アイ』、華輪自身だった。そしてターゲットであった磯浦は、ミスター・ラクーンではなかった。つまり、華輪が間違った情報を掴んでいた事になるのだが、御堂からすればそこがまず信じ難い。

華輪の家は先祖代々、殺し屋の元締めをしており、父親から仕事のイロハを叩きこまれているため、情報収集能力もそれを活用する力も裏社会一といっても過言ではないほど高い。実際に、これまで華輪が持ってきた情報に間違いはなかった。

とすれば、今回だけ間違ったと考えるよりも、『磯浦が偽物である事を知っていた』上で御堂に仕事をさせたと考えるほうが自然だ。

――どうして？

ハメるためだとは思えない。回りくどすぎるし、メリットがない。

そして、もう一つ引っかかるのは、東馬の殺害を依頼した人物だ。

御堂はそれを聞かされていない。『わたしたちのためにもこの依頼はおこなわなければいけないの』と強引に押し切られたのだ。御堂と華輪には、互いに絶対に嘘を吐かないという取り決めがある。『言わない』という選択肢は余程のときだけで、あのときは、それ程の事だったという事になる。

何かが裏で動いているような気配を感じる。だが実体は全く見えない。考えれば考えるほど分からなくなっていく。

どこからともなく風が抜け、華輪のチャイナドレスから香水とウィスキーが入り混じった艶めかしい匂いが漂ってくる。その匂いは、御堂の頭に霧をかけていく。

「ねぇ、探偵さん。依頼内容だけでも聞いていかない？　今回の主役はあなたなのよ」

と華輪が仕切り直しとばかりに声のトーンを一つ高くして言う。

「あん？」と東馬の目がギラリと輝く。

御堂は咄嗟に「どういう事ですか？」と口を挟む。まだ仕事をするか決めかねていたが、勝手に話を進められるのは嫌だった。

「今回の依頼は、ターゲットが誰だか分からないのよ」

「——誰だか分からない？」

「そう。だから、この探偵さんの推理力が不可欠となってくるというわけ」

「ちょっと待ってください。話がよく見えません」

「いや、俺は見えたぞ」と東馬が胸を張る。「要は、俺が天才だという話だ」

「何を要約すればそうなるのか分かりませんが」と御堂は華輪に目を向ける。「華輪さんは僕にターゲットが誰かも分からないような仕事を、この悪霊にとり憑かれている状況でやれと言うんですか？　この人は、素直に僕たちの言う事を聞いてくれませんよ」

華輪が「そうなの？」と東馬を見る。

「いや、主役なら仕方がない。手伝ってやろう、主役だからな。そうか、主役か……」

東馬は華輪から『主役』と呼ばれた事が余程気に入ったらしい。

「ねぇ、禅君」と華輪がじっと見つめてくる。

「たしかに一ヶ月は、とり憑かれている期間としては長すぎるかもしれない。けど、ずっと続くわけじゃない。後で思い返してみたときに、禅君にとって貴重な経験になると思うの。この探偵さんは、腐っても鯛（たい）、幽霊になっても名探偵なんだから」

やはり、御堂には華輪の考えがよく分からない。自分が殺し損ねた探偵から何を学べというのだ。華輪の大きな少し潤（うる）んだ瞳を見ていると、暗い海の上に一人で浮かんでいるような気分になった。

と、地下階段を下りて来る足音がコツコツと聞こえてくる。

華輪が言う。

「あぁ、ちょうど依頼者が来たわ。やるかどうかは依頼内容を聞いてからでも遅くないでしょ。禅君は、バックルームでこっそり見ていて。探偵さんは、わたしの横で話を聞いていてもいいわよ。依頼者に霊感はないはずだから」

御堂は、まだ言いたい事があったのだが、すぐにでもバーの扉が開かれそうだったので、仕方なく裏へと隠れる。

扉が開き現れたのは、大きなサングラスにマスクをした丸坊主の男だった。

2

「あなたが、袖崎華輪さん？」

丸坊主の男は、そう言ってサングラスとマスクを外す。目鼻立ちのはっきりとした美青年だった。

と、華輪の隣で浮かんでいた東馬が顔を歪める。

「おい、こいつが依頼者なのかよ」

どうやら東馬の顔見知りらしい。御堂の記憶にも触れるものがある。だが、どこで見た人物なのかどうしても思い出せない。

華輪が丸坊主の男に答える。

「あなたは、有名だから名前を確認する必要はないかしら、エノキダケントさん」

「必要がないのなら呼ばないでくれないか。別に、呼ばれて困る事もないんだけれどね、職業柄（しょくぎょうがら）名前を呼ばれると、無意識に仕事のスイッチが入ってしまって緊張してしまうんだよ。本当に、呼ばれたってさほど困らないんだよ。ここにいる事自体がまずいってわけじゃないんだ」

名前を聞いて、このやたらと言い訳の長い男が誰だか御堂も思い出す事ができた。

――榎田剣斗（えのきだけんと）、女性に人気の実力派俳優だ。

普段テレビを見ない御堂でも知っているほど有名な男だ。なぜならただの俳優ではなく、その上にもう一つ大きな肩書きがつくからだ。そして――。

「こいつ、本当に変わってないな。また泣かすぞ、この野郎」

東馬とも少しだけ因縁がある。東馬は自分の姿が見えていないのをいい事に、榎田の鼻の先まで顔を近づけ睨みつける。

榎田は、小さい頃から子役として俳優業をしており、東馬が出演していた子どもと大人が対決するクイズ番組で一度共演した事があった。

御堂は、東馬を調べる過程で見たクイズ番組の映像を思い出す。榎田が大事な局面で間違ってしまい、子どもチームが劣勢に立たされた事があった。そのときも榎田は、今と同じように長い言い訳を始めたのだが、隣にいた東馬が「おいこれは、言い訳を競う(きそ)ゲームじゃねぇぞ。そんな事も分からないのか、ガキ」とまるで子どもらしくない事をほぼ同じ歳のチームメイトに言い放ち、榎田を泣かせてしまったのだ。その後、東馬が次々と正解し結局子どもチームが勝ったのだが、テレビ局には非難が相次いだそうだ。

それにしても、と御堂は榎田の格好を見て呆気(あっけ)にとられる。なかなか奇抜な服装だ。上下ともに、あまり見た事のない前衛的な形と色遣いをしている。どこからが袖でどこからが裾なのかさえよく分からなかった。

華輪も気になるのかその服装に目を奪われていたため、榎田のほうから説明がある。

「気になるかい？　俳優は、時代の旗手であると同時に普通であってはいけないんだ。だから、自然とこういった物を好むようになるんだよ。君たちにとってはピエロに見えるかもしれないけどね、僕たちは僕たちで努力しているんだよ。ほら、これを見てごらんよ」

榎田はそう言って、ズボンの裾（らしき物）をたくし上げる。榎田は先の尖った革靴を素足で履いていたのだが、靴擦れを起こしているらしく踵に絆創膏を貼っていた。

「俳優であるならば、靴擦れをおこしたって素足で革靴を履くもののなのさ。涙ぐましいだろ」

誰一人として涙を流している者はいなかったし、どうしてそこまでして素足で革靴を履かなければいけないのか御堂にはまるで分らなかった。ただ、本当に言い訳の長い男だなと思っただけだ。

華輪もどう返していいのか分からなかったのだろう、愛想笑いだけ浮かべると話を本筋へと戻す。

「それで、わたしの事はどこで？」

榎田が答える。

「袖崎華輪さん、あなたの事は父から聞いて知っていました。父の事はご存知ですよね」

父――それこそ榎田のもう一つの肩書だ。

榎田の父は、現在、官房長官をしている大物政治家、榎田傑だった。

華輪は、背筋を伸ばし「わたしの父とは旧知の中です」と言う。

長年政治家をしていれば裏社会と繋がりもできていく。もしかすると御堂の育ての父である初代シルバーチップも、榎田傑の依頼を受けた事があるのかもしれない。

と、東馬が、榎田を小馬鹿にするように頭をペチペチと叩く仕草をしはじめる。

「おい、この馬鹿の依頼を引き受けるんじゃないだろうな。だったら、俺はやらないぞ、いくら俺が主役でもな」

榎田の手前上、華輪はなんのリアクションもとらない。榎田に「お酒でも出しましょうか。うちにはいいウィスキーがありますよ」と勧める。

だが榎田は、「いや車で来たからいい。あぁ、もちろん近くには停めていないよ。ばれないように遠くに停めて歩いて来た。何しろ、僕が所有している車はどれも派手で——」と長い言い訳で断る。

そして東馬はその間も、「おい聞いてるのか？」と騒いでいる。

物陰で見ている御堂には、混沌とした一幕に見えた。

が、華輪がミネラルウォーターを入れたコップをどんっと音を出すようにテーブルの上に置いた事で、ぴたりと静寂が訪れた。

そして華輪は、榎田には悟られないようにちらりと東馬に視線を送ってから言う。

「では、これならお気に召されると思います。これはあの隠されていた二つのうちの一つですから」

それは、明らかに東馬に向けたメッセージだった。そういえば幽霊の説明を華輪から聞いたときに、まだ二つばかりルールがあると言っていた。どうやら東馬にそのうちの一つを教えるという事らしい。

東馬もそれに気づいたのか、即座に華輪の背後へと移動する。

御堂の読みは正しかった。榎田には見えないようにカウンターの中で、華輪がコースターを裏返す。どうやら何かが書かれているようだ。東馬が顔を近づけ覗きこんでいた。御堂も表に出てそれを確認したかったが、榎田がいるのでできない。

その榎田は、先程の華輪の言葉が東馬へのメッセージだと分かっていないため、ミネラルウォーターを飲むと、「たしかにこれはあの隠されたうちの一つのようだね。もちろん僕にはその違いが分かる」と訳の分からない事を言っている。

コースターに書かれたものを読み終えた東馬は嬉しそうに笑っていた。そして、一度御堂にその笑みを向けると「いいぜ、やってやろう」と言う。

御堂は背筋が寒くなった。悪い予感しかしない。

華輪は、ごほんと一つ咳払(せきばら)いをすると、改まって榎田に言う。

「では、電話でも少し依頼内容を聞かせていただきましたが、改めてお聞かせ貰えますか？」

何やら殺し屋が承諾をしていない殺しの案件が進みはじめている。

榎田の顔も真剣なものに変わる。カウンターの椅子に座るとジャケットの内側から携帯電話を取り出し、カウンターを滑らしディスプレイを華輪のほうへ向けた。

華輪とともに東馬も覗きこむ。東馬は、御堂に気を使っているのか、わざわざ声に出して読み上げた。

「何々、『お前の秘密を知られたくなければ、映画の公開を中止しろ』」

榎田からも説明がある。

「アドレスは、フリーメールだったよ。返信してみたが、すでに消されていた」

東馬が華輪に告げる。「ここに書かれてある『秘密』がなんなのか聞いてくれ」

華輪は、一拍間をあけた後、榎田に尋ねた。

「差し支えなければ、この秘密がなんなのかお教えいただけませんか？」

「申し訳ないが、それはできない。いや、秘密を言いたくないというわけではないんだ。だが、俳優は常に謎めいた存在でなければいけない。そういうイメージでなければいけないんだ。だから、僕はありとあらゆる秘密を大切にしたいんだ。秘密に礼儀を尽くしたいんだよ。そうする事で、僕という存在はより膨張力を持つ事になるんだ。……本当に、言いたくないわけではなくてね」

　何を言いたいのかまるで分からなかったが、ともかく榎田は秘密を言いたくないらしい。東馬が「おい、とんちんかんな事言ってないで、教えろよ」と榎田を罵っていたが、華輪は依頼者の意思を尊重し「分かりました」とあっさりと引き下がった。

　それでも、榎田はまだ言い訳を言い足りないようだった。

「僕としては、この謎の人物に秘密をばらされても困らないんだが、イメージが悪くなるのは困る。君も知っているかもしれないが、最近永田町(ながたちょう)が騒がしいだろう。総選挙の噂が出ているんだ。もしそうなれば、父にも迷惑がかかってしまう。あぁ、そうだ。今度公開される映画というのはこれの事だ。……依頼料とは別に、これを君に上げるよ」

　御堂には、榎田が話題を逸らすために必死になっているように見えた。ジャケットの内側から映画のチケットを取り出し華輪に渡す。華輪がそのタイトルを読み上げる。

「……『太陽(たいよう)は二人(ふたり)を祝福(しゅくふく)しない』」

「あぁ、そうだ。太陽電池で動くアンドロイドの女の子が、夜にしか活動できない吸血鬼の男に恋をする恋愛ファンタジー映画さ」

　東馬が「滅茶苦茶つまらなさそうだな」と呟く。

東馬の声が聞こえていない榎田は、笑顔で丸坊主の頭を撫でながら続ける。

「どうして今丸坊主なのか気になるかい？　実は、もうすでに新しい映画も撮っていてね。この頭はその役作りの一環なんだよ。ちなみに次回作は、ひょんな事から刑務所の建物がロボットになって、ひょんな事から囚人がそれに乗りこんで、ひょんな事から地球を襲ってきた宇宙人と戦う話だ」

東馬がそれを聞いて、「『ひょん』を便利に使いすぎだろ」と皮肉を零す。

「ともかく、僕としては、これ以上脅されるのは不愉快でね。まさか、本当に映画を上映中止にするわけにはいかないだろ」

華輪は頷く。「えぇ、それはそうだと思います」

「だから君に――」

いつもは長い言い訳をする榎田が、それ以上、言葉にする事を躊躇った。

およそ言いたい事は分かった。つまり今回の依頼は、榎田を強請ってきた人物を見つけ出し消せという事だ。

榎田は最後にこう告げる。「映画の公開日は、三日後だ」

どうやら『それまでに』という事らしい。

御堂は、そもそもやるとは言ってないと心の中で呟いたが、もちろんそれは誰にも伝わらなかった。

3

デジタルタイマーが、一秒ずつ減っていく。榎田の依頼のタイムリミットを示しているわけではない。

朝のニュース番組の映像だ。どうやら今日の夜にサッカーの日本代表戦があるようで、試合開始までの残り時間をキャスターの机に取りつけられた専用のデジタルタイマーで示している。次勝てばワールドカップ本戦への出場が決まる大事な一戦とあって熱が入っているのか、アナウンサーも日本代表のユニフォームを着ている。

御堂は、リビングのフローリングに寝そべってストレッチをしながら、そのタイマーをぼんやりと眺めていた。始めてから一時間くらい経っているのではないだろうか。いつもならとっくに終わっている頃だ。今日は特別体に硬い部分があるというわけではない。あえていうならば、重い部分があるという事だ。

――腰が重い。できる事なら、あのタイマーがゼロになるまでやっていたい気分だった。

結局、榎田が帰った後、華輪に押し切られ仕事を引き受ける事となってしまったのだが、やはり乗り気になれずにいた。

——東馬にとり憑かれた状態で仕事をするだけでも不愉快なのに、今回は東馬主導というのだから、やる気が出るわけがない。だが、引き受けてしまった以上やりきらなくてはいけない。それがプロだと育ての父親からも叩きこまれていた。

先程からその葛藤を頭の中でずっと続けている。

「おい、いつまでやってんだよ」

と背後から東馬の声が飛ぶ。

せっかく自分を強引に納得させようとしていたのに、またしても腰がずしりと重くなる。東馬は、あれから上機嫌でやる気満々といった様子だ。御堂が自宅に戻り就寝した後も、夜通し華輪から貰った榎田の資料を見ながら作戦を練っていた。「主役は忙しい」とぼやきながら。

自分が主導である事だけでも相当嬉しいのだろうが、華輪から教えて貰った『幽霊に関するルールのうちの一つ』が余程気に入るものだったようだ。御堂もそれについて華輪に尋ねてみたが、「それほど重要じゃないから気にする必要はないわ」と宙に舞う羽を摑むようにかわされてしまった。

──そんなわけはないのだ。あのとき、東馬はこちらに向けて笑ったのだから。

こちらの行動を制限するような呪いのようなものを教えて貰ったのかもしれない。

御堂は不吉な想像を振り払うように顔を振ると、心のもやもやを少しでも晴らそうと、気分転換にテレビのニュースに意識を向けてみる。

新設されたばかりの水害対策担当大臣が泥酔して川を泳いだ、というニュースが終わると、アナウンサーが深刻な顔で『次は名探偵、東馬京さんの続報です』と言って次のニュースに切り替わる。

「ん？　なんだ？」とこちらを睨みつけていた東馬もテレビに顔を向ける。

映像がスタジオからどこかの会議室に変わり、白衣を着た医者らしき男の会見の様子を流す。医者は、大量のフラッシュに目を細めながら言う。

『東馬さんの手術そのものは成功したのですが、傷ついた肝臓の状況があまりよくありません。このままでは肝臓移植が必要です』

東馬は血の気が引いたように（魂にはそんな物は通っていないのだが）顔を青ざめさせた。

「おい、ふざけんな、このやぶ医者！」とテレビに向かって怒鳴り散らす。

さらに、映像が切り替わり、新橋駅前（しんばしえきまえ）で撮影（さつえい）された街頭インタビューになる。酔っぱらったサラリーマンが『あいつに臓器を差し出すくらいなら、このまま酒を飲み続けて肝臓をダメにしたほうがましだ！』と叫んでいた。

御堂は顔色こそ変えなかったが、心の中で医者とサラリーマンに向かって拍手を送った。だが、露骨に喜べばまたこの後どんな邪魔をされるか分からないので、少しだけ同情しているかのような素振りで皮肉を言う。

「たしか移植は、家族ならばできますよね」

東馬の父親は、精子バンクの名も知れぬＩＱ２００の男で、母親は行方不明だ。つまり、家族からの臓器提供など全く期待できない。

「あん？」と東馬はこちらの思惑通り不快感を顔に出す。

少しだけ気分がよくなり、ようやく仕事をする気になってきた。

御堂は立ち上がり支度を始めたが、東馬は、減り続けるデジタルタイマーをそれが自らの余命であるかのように凝視していた。

4

家を出て、近くの駐車場に停めてあった華輪が用意した車に乗りこむと、東馬に尋ねる。

「で、どうするんですか？」

　ターゲットが誰かも分からない依頼は、御堂にとっても初の経験でありどちらかといえば探偵向きの仕事だ。不愉快ではあるが、東馬に全てを委(ゆだ)ねるしかなかった。

　東馬は、御堂の五メートル以内であれば車の外にいてもいいのだが、律儀に助手席に座るような姿勢で浮かんでいた。だが、先程のニュースを引きずっているらしく、気分は悪いようだ。

「スーツを売っている店に行け」

　とぶっきらぼうに言ってくる。

「スーツ？」

「あぁ、そうだ。お前持ってないだろ。まず自分にあったスーツと革靴を買うんだ。真面目そうに見えるやつで、なるべく高いやつだ。いいか、くれぐれも喪服とか買うなよ、普通のビジネススーツでいいんだからな。ほら、行くぞ」

　東馬の命令口調は本当に不愉快ではあったが、とりあえず我慢して、黙って言う事を聞く事にした。御堂は、普段から服装を選ぶときは時間をかけるようにしているため、結局自分の体にあったスーツを選ぶのに二時間を要した。

その事で東馬から「お前わざと時間かけただろ」といわれのない因縁を吹っ掛けられたが無視をしておいた。

次に裾直しの時間を使って、名刺を作らされた。

「どうせ知らないだろうから教えてやろう。現代のテクノロジーをもってすれば、携帯電話のアプリとコンビニのコピー機さえあれば、名刺は簡単に作れるんだ」

東馬の物言いは、本当に不愉快だったし早く死んで欲しくてたまらなかったが、それでもやはり御堂は我慢していう事を聞いた。どうせこちらが手を下さなくてももうすぐ死ぬのだ、好きにいわせておこう。

名刺は、偽名で全く違う肩書の物を二パターン作った。

そして、全ての準備を終え最初に向かったのは、榎田が所属している芸能事務所『滝川(たきがわ)プロダクション』だった。

『滝川プロダクション』は、目黒区(めぐろく)にある三階建ての小さなビルだった。

御堂は車内からそのビルを見つめながら「はっ？」と声をあげてしまう。榎田は昨日、脅迫者につかまれている秘密については頑(かたく)なに話そうとしなかった。おそらく、脅迫されている事すら誰にも話していないはずだ。だからこそたった一人で華輪のバーにやって来たのだ。榎田のためにも秘密裏に動いたほうがいいのではないか。

東馬にそう不満を漏らすと、鼻を鳴らしてこう言ってくる。

「だからこうして、変装したんだろう」

スーツを着させた事を言っているのだろうが、御堂はそれに対しても不満だった。作った名刺の一つが『衆議院議員榎田傑　秘書』であった事から、これから榎田の父親の議員秘書に成りすます事は明白だ。だが、御堂は二十二歳で、さらに童顔だ。

「自分でいうのもなんですが、就活中の大学生くらいにしか見えないでしょう」

東馬は「たしかにな」と言いつつも一笑に付す。

「心配すんなって、人は肩書きに弱いんだ。堂々としてればなんとかなるよ」

まるでベテラン詐欺師のような口振りだ。仮にも名探偵の言葉とは思えない。さらに、「早く行こうぜ」と急かしてくる。どうやら、自分の体が危機に瀕している事は一度忘れ、情熱を取り戻したらしい。

御堂は、不安が拭えなかったがこのまま何もしないわけにもいかないので、半ば自棄気味に『滝川プロダクション』に足を踏み入れた。

入ってすぐの受付に、名刺を差し出しそこに書かれてある偽名『仁木板玲雄』を名乗る。昔、育ての父親に強制的に見させられたいくつかの殺し屋の映画から、主人公の名前二つを適当に崩してひっつけたものだ。東馬から適当に考えろと言われたので、本当に適当に考えた。

さらに「榎田剣斗さんの事でお話ししたい事があるので、担当の方に連絡していただけますか」と要求する。怪しまれるかと思ったが、「はい分かりました」と受付は爽やかな笑顔で承諾すると内線で確認をとりはじめる。マニュアルを優先しているのかもしれない。

確認を終えた受付に案内されたのは、二階の応接室だった。高そうなソファーが向かいあいその間にガラスのローテーブルが置かれていた。

壁には、榎田が昨日話していた映画、『太陽は二人を祝福しない』のポスターが貼られている。ドラキュラの格好をした榎田と無表情の綺麗な女性（おそらくアンドロイド役だろう）が並んでいる。榎田は丸坊主の今とは違い肩にかかるほどの長髪だ。

それを眺めながら待っていると女性が現れた。スーツを着ていて、長い髪を後ろで一つにまとめ、御堂と同じような黒ぶちの眼鏡をかけていた。見た目は、二十代後半くらいだろうか。

先程受付に出した物と同じ名刺を出すと、向こうも慌てて出してくれた。横書きで、左上に『滝川プロダクション　芸能部』と書かれてあり、中央に『緑川菜々美』とある。

緑川は、改めて御堂が差し出した名刺を見つめると、受付の女性とは違い、露骨に怪訝そうな表情を浮かべた。名刺の肩書と御堂の童顔を見比べながら、「議員秘書さんですか」と漏らす。御堂の不安が現実のものとなったのだ。

と、背後にいたはずの東馬が突然目の前に現れた。顔が目と鼻の先にある。透けているので、その先に緑川が見えた。緑川には、東馬の姿が見えないので御堂は無表情を保つのに必死だった。東馬が言う。

「俺が先導する。お前は、俺の真似をしろ」

そしてくるりと御堂に背を向け、緑川に顔を向けた。

御堂は、一瞬躊躇ったがすぐに切り替え、同じように復唱する。「議員秘書が若ければ問題ですか？」

「議員秘書が若ければ問題ですか？」

緑川は、「あっ、いえ……そんなつもりでは――」と日中に萎む朝顔の花のように体を委縮させる。

さらに東馬は続ける。「もし、あなたが女性だからという理由で、相手に態度を変えられたらどう思いますか？　能力さえあれば老若男女関係ない、わたしが仕えている榎田傑が目指しているのはそういう社会です。だからこそ、わたしは雇われている」

御堂は、なんとも議員秘書が言いそうな事だなと思いながらも、またしてもそれを復唱する。緑川は今にも泣きそうな顔で、「失礼があったのなら、謝ります」と必死に頭を下げた。御堂はすぐに笑顔を作り「いえ、こちらも熱くなってしまいました。すいません」とフォローを入れておいた。これは東馬の指示ではなくアドリブだった。

東馬が一度振り返り「なかなかやるじゃねぇか」と笑う。

先輩面(せんぱいづら)をされるのは腹が立つが、御堂は素直に東馬の話術に感心していた。東馬は、推理力だけではなく、相手の心理を誘導する術(すべ)にも長(た)けているのだ。だが、威圧的なやり口はやはり詐欺師に近く、東馬の言う事を聞けば聞くほど他人に嫌われ孤立していくようだった。現に緑川は、御堂の肩書を信じたようだが同時に不快感を抱いたようだった。

緑川は改めて自己紹介をし、榎田剣斗のマネージャーで担当になってから三年目になると説明した。

御堂は、東馬の指示に従って緑川菜々美と会話をする。

「実は、ここだけの話なのですが永田町で解散の噂が飛び交っていまして。そうなれば選挙となるので、うちとしましても準備をおこなわなければいけない。そこで、現在色々と調査をおこなっているわけです。身内から不祥事が出れば、うちの榎田にも少なからず影響が出ますから」

『身内』という言葉を東馬は強調した。これもまた上手い切り出し方だが、やはり緑川から好感は得られない。緑川は少しむっとした表情になった。どんな理由があるにせよ、自分が担当している俳優に探りを入れられるのは不愉快なのだろう。

「榎田剣斗は、俳優業に真摯に取り組んでいますし、責任感も強いので馬鹿な事はしませんよ。それは、お父様もよくご存知なのでは？」

緑川はそう言って壁に貼られたポスターを指す。「この長髪も、かつらではなく地毛なんです。役作りのために伸ばしたんですよ。しかも、これが終わってから、今撮影中の新作のためにすぐに丸坊主にして。今どきそんな俳優いませんよ」

極端な髪型をすれば他の仕事を受ける事ができないのでそれなりの覚悟が必要なのだ、と緑川はつけ加えた。御堂は、ポスターを見ながら『擬態』という言葉を思い浮かべた。さらに、榎田のつぶらな目はどことなく蛇に似ているかもしれないと連想してしまうと、頭の中で動物図鑑が勝手に開き、蛇の中には別種の蛇に柄を似せるものがいるな、とこの場には全く必要のない事を次々と思い浮かべてしまう。

東馬から次の台詞を言われ、御堂は我に戻る。心の中で架空の頭を振りながらそれを復唱する。

「ええ、榎田剣斗さんが仕事に取り組む姿勢は、わたくしどもも承知していますが、妙な噂を耳にしましてね」

それは明らかなかまかけであったが、緑川は少し狼狽する。「どんな噂ですか？」

東馬はさらに揺さぶりをかける。「それは、そちらもよくご存知でしょう」

緑川は分かりやすく顔を紅潮させた。明らかに何かを隠しているのが御堂にも見てとれた。ここで東馬が同調行動（ミラーリング）をとるよう指示を出してくる。御堂と緑川は、眼鏡をかけていたためそれを使う。相手の呼吸にあわせ、緑川が眼鏡のブリッジを上げれば、同じようにした。さらに、「別にこちらも責めようというわけではなく、情報を共有しておきたいだけなんです」とフォローも入れておく。

その東馬の指示は絶妙で、緑川の心の扉が開く音が実際に聞こえてきそうなほどだった。緑川は「あれは違うんです」と少し迷いを見せた後、こんな話をした。

「週刊誌の記者に写真を撮られた事をおっしゃっているんですよね。でもあれは、ストーカーだったんです」

――ストーカー。

緑川は、こちらが何もかも摑んでいると勘違いし全てを教えてくれた。三ヶ月ほど前に、週刊誌の記者がやって来て写真を撮ったから記事にすると告げてきたという。

「たしかに榎田のマンションから女性が出て来るところを撮られていたんですが、別に榎田と一緒というわけでもありませんでした。スクープとしては弱いので先にこちらに写真を撮った事を告げて反応を見てきているようでした。そこで、我々が榎田に確認したところ、本人がストーカー被害にあっていると打ち明けました。その場はフィルムを買い取ることで丸く収めましたが……どうやらかなり長い間一人で苦しんでいたようです」

「その写真を見せて貰っても構いませんか？　私どもが入手した物と同じか確認しておきたいので」

緑川は、「分かりました」と言って、一度応接室を離れ写真を取って戻って来た。もちろんそんな物は手に入れていない。

ガラステーブルの上に置く。

マンションから出て来るコートを着た女性。髪は金髪だった。身長も高そうに見えるので、もしかすると外国人かもしれない。顔は、うつむきがちでマスクをしており、隠し撮りで画質が少し荒かった事もありよく分からなかった。

御堂は少し違和感を覚える。もし本当に外国人であるのなら、ストーカーとしては珍しいように思える。それに……。

じっと写真を見つめていると別の感覚も湧き上がってくる。既視感だ。

――もしかすると、この女性にどこかで会っているのかもしれない。

だが東馬から次の指示が出たので、その感覚はすぐに霧散する。御堂は意識を緑川に戻し、東馬の指示を復唱する。

「――この人がストーカーなんですか？」

「ええ、榎田が言うには……」

「警察には？」

「本人の希望で通報はしていません。榎田は、イメージが壊れる事をとても気にしていますから」

御堂は想像する。今回のターゲットは、この金髪の女性ではないだろうか。榎田は何かしらの秘密を知られてしまったのだろうか。だが東馬は、御堂とは全く別の想像をしていたようだ。緑川にこんな疑問を投げかける。

「榎田さんが嘘を吐いているとは考えられませんか？　週刊誌の記者が正しくて、この金髪の女性と榎田さんが交際しているとは考えられませんか？」

なるほど、たしかにそちらの線も十分に考えられる。もしそうであれば、週刊誌の記者が脅迫者という事も考えられる。自分のスクープを揉み消され、腹いせに榎田を強請ろうと考えたのかもしれない。

と、緑川の表情が一変する。「そんなはずはありません！」と、これまでにない怒りを見せた。

「榎田は、事務所との契約で女性とは交際しない事になっています！」

御堂は、興奮する緑川の顔を見ながら頭の中で冷静に分析していた。この怒りはどちらだろうか、と。――図星だからか、見当違いだからか。

さらに緑川があまりにも感情的になっている事が気にかかる。まるで、榎田に心酔している熱狂的ファンのようだ。

どちらにしても、これ以上聞き出せる状態ではなかった。

御堂は、「また何かあれば教えてください。互いに協力していきましょう」と言って、逃げるように、その場を後にした。

5

次に向かったのは、東京都狛江市（こまえし）にある榎田傑の地元事務所だった。当初東馬は、国会事務所のほうに行きたがったが、さすがに御堂が断った。殺し屋が足を踏み入れるにはハードルが高すぎる。

今度は、榎田剣斗のマネージャーになりきって事務所を訪れた。先程とは真逆になる。御堂は先程よりもやりやすさを感じていた。童顔もマネージャーという職種であればさほど気にならないし、二度目という事で多少なれもあったのかもしれない。

事務所にいたのは、私設秘書のトップに立つ鏑佳嗣（かぶらよしつぐ）という名の男だった。目つきが鋭く、野心家に見える。

『滝川プロダクション』のときと同じく、応接室に通される。こちらのほうがソファーもテーブルも幾分高価に見えた。鏑佳嗣は見た目三十代半ばで、高そうなスーツを着ており、緑川菜々美と同じくこちらも眼鏡をかけていた。

東馬は、「さすが眼鏡大国ニッポンだな」と皮肉とも冗談ともつかないよく分からない事を呟いていたが、内心は喜んでいるようだった。おそらく、同調行動で心理操作をしやすいからだろう。

自己紹介を兼ねて色々と聞いてみると、鏑佳嗣はなかなか仕事ができる男である事が分かる。若くして実力だけですぐに私設秘書のトップに立ち、榎田傑からも一目置かれているようだった。それは奇遇にも『滝川プロダクション』で御堂が演じた議員秘書とよく似ていた。

　御堂は、一件目と同じように東馬の操り人形と化した。性根が腐っている下衆探偵ではあるが、腕はたしかである事は間違いない。東馬の作戦も先程とほぼ同じで、立場が逆になっただけだ。まずはこう切り出す。

「実は、うちで榎田剣斗の大きなプロジェクトが進んでいまして。社運をかけるほどのものです。ですので何かしらのスキャンダルが出て頓挫するような事のないよう、現在色々と調査中でして。大変申し上げにくいんですが、これは榎田剣斗の事だけではなく、お父様の……」

　それは不躾な物言いではあったが、鏑は「あぁ、それはそれは」と余裕のある笑みを浮かべた。緑川とは違い、懐が深く百戦錬磨といった感じだった。

「御心配には及びませんよ。榎田傑は、絶対に不祥事を起こしません」

　鏑はきっぱりとそう言いきった。それは、榎田傑の潔白を信じているというよりは、都合の悪い事は絶対に表に出さないという自信の表れのようだった。

　それでも東馬は揺さぶっていく。

「ですが、最近怪文書が出回っているという話を聞いたんですが……」

　もちろんそんな噂は聞いてはおらず、これまた一件目と同じ手法、かまかけだった。だが、これが当たりだった。鏑の表情が僅かだが揺れる。目の端がピクリと上がり、眼鏡のブリッジを上げた。

「政治家をやっていれば、怪文書はスーパーの特売チラシと同じくらいの頻度で届きます。でも、誰もそんなものを信じる人はいませんよ」

と穏やかな声で答えたが、眼鏡の奥に見える目が鋭さを増し苛立っているようにも思えた。もしかすると榎田傑の周辺で、厄介な問題が持ち上がっているのかもしれない。

と、東馬が御堂に対して呟いた。

「最近、閣僚が次々と不祥事を起こしているから、気が立っているんだろう」

御堂はそういえばと思い出す事があった。今朝、水害対策担当大臣が泥酔して川を泳いだというニュースを見た。もしかすると御堂が知らないだけで、榎田傑にも何かしら世間を騒がすような事があり、東馬はそれを知った上で突っついていたのかもしれない。

鏑は、その話をかわすように論点をすり替えた。

「こちらの事よりも、剣斗君のほうをもっと念入りに調べたほうがいいのではないんですか？」

それは、なんとも思わせぶりな口調だった。

「どういう意味ですか？」とわざと狼狽えて見せると、鏑はここが攻め時だと言わんばかりに口の片端を少しだけ上げる。

「うちとしても剣斗君のイメージは、大きく影響しますから色々と調査させて貰っているんです」

鏑の顔に余裕が戻りはじめていた。御堂は『滝川プロダクション』で自分も同じような事を言っていたなと思いながらも、「はっきりおっしゃってください」と少し声に怒気を含ませ、相手の挑発にあえてのっかる。

鏑は「おい」と部下を呼ぶと耳打ちして何かを取りに行かせた。しばらくして部下が持ってきたのは一枚の紙だった。鏑は、一瞬だけそれをこちらに向ける。

「申し訳ないが、こういった物も入手させて貰っている」

完全に把握はできないが何が書いてあるのかは確認できるほどの間だった。

──どうやら、榎田の年間スケジュールのようだ。

御堂は、黙って鏑を睨みつける。もちろん実際に怒っているわけではない。時間稼ぎだ。その間、東馬が鏑の手元に回りこみ、スケジュール表を確認していた。

生霊に盗み見られているなどとは露ほども思わない鏑は、畳みかけるようにこちらを揺さぶってくる。

「これによると、世間で大きなイベントがある日、クリスマスやハロウィンに限って、剣斗君はことごとく休みをとっていますね。どうしてでしょう？」

いやらしい笑みを浮かべているが、マネージャーではない御堂はもちろん腹を立てたりはしない。どうしてだろう、と素朴な疑問を持っていた。

そこで浮かんだのは、あの金髪の女性だ。

やはりあれは、榎田の彼女ではないのか。二人は付き合っていて、榎田はイベントデートのために休みをとっているのだろうか。

と鏑は、とどめを刺すがごとく体を前のめりにすると、声を潜めてこう言った。

「それに、剣斗君には、致命的な性癖がある」

――致命的な性癖。

もしあの金髪の女性が御堂の想像通り、外国人であったとしたらそれは性癖からきているのだろうか。

榎田が、過剰に言い訳をしている姿を想像してみる。『僕は、外国人が好きなわけでも、金髪が好きなわけでもないんだ。でも、金というのは縁起のいい色だろ――』

6

　御堂は、車に戻りネクタイを緩めながら大きく息を吐き出す。さすが議員秘書、面白そうな情報は次々と出てくるものの、肝心な事は何も分からなかった。

　隣にいる東馬に尋ねる。

「で、これからどうするんですか？」

　コンビニで作った名刺は二枚なので、聞き込みはこれで終わりだろう。いくつか興味深い話も聞けたが、脅している人物についても榎田の秘密についてもはっきりした事はまだ何も分かっていない。

　東馬は、顎鬚を擦りながら言う。

「そうだな。ターゲットがどこから榎田の秘密を知りえたのか一つずつ潰していきたいから、今度は榎田の家だな」

　殺し屋が依頼者の家を訪れるなど前代未聞だが、もはや御堂は東馬が何を提案してもさほど驚かなくなっていた。先程の聞き込みでそれなりの収穫を得た事から――認めたくはないが――多少東馬を評価する気持ちさえあった。

「行ってどうするんですか？」

「盗聴器が仕込まれていないか確認しておきたい」

たしかに盗聴器が見つかれば、ターゲットへと辿りつく大きな一歩となるだろう。

華輪の資料に載っていた榎田の自宅へと向かう。

途中、工業用品を取り扱う店に立ち寄ると、作業着とトランシーバーを買った。榎田はまだ、殺し屋が御堂だとは知らない。急造ではあるがなるべく業者だと思わせたかった。トランシーバーは工事現場で用いられている簡易的な物しかなかったが、それらしく見せるために購入しておいた。こちらには物を透過できる幽霊がついているからフェイクでも特に問題はない。

榎田が住むマンションについた頃には、日が暮れかけていた。空が夕焼けに赤く染まっている。

榎田は、麻布にある十二階建ての高級マンションの最上階に住んでいた。外から見ると他のフロアは玄関が三つあるのに対し、最上階のみ中央に一つあるだけだった。どうやら、一フロア全てが榎田の自宅という事らしい。

御堂は、作業帽を深々と被りなおし、エントランスに入る。広々としていて大きなシャンデリアまであり、まるでホテルのようだ。スーツを着た清潔そうな男が出迎え、「ご用件は？」と尋ねてくる。どうやら、コンシェルジェまでいるらしい。

「昨日榎田に仕事を頼まれた者です」と言って取り次いで貰う。東馬との事前打ち合わせで、榎田がいなかった場合の対策をいくつか立てていたのだが、どうやら在宅しているらしく、コンシェルジェは電話でいくつかやり取りをした後笑顔で背後の自動ドアを開いてくれた。

その際、東馬の指示で、コンシェルジェに『常にここには誰かいるのか』と尋ねたところ『必ず一人は常駐している』と返答があった。

御堂は、自動ドアを抜けるとマンションの内部構造をチェックする。一階に部屋はなく、エントランスの他は駐輪場と駐車場になっている。どちらもエントランスと繋がっており、建物に入るためには先程通り抜けた自動ドアを通る必要があるようだ。自動ドアを抜けた先は、エレベーターと階段があるだけだった。

御堂はエレベーターに乗りこみながら、マネージャーが言っていたストーカーの事を考える。このマンションのセキュリティであれば、中に入るのはかなり難しそうだがどんな嫌がらせをおこなっていたのだろう。

そういえばもう一つ気になる事がある。女性が出て来るところを撮った週刊誌の記者はどんな確信があったのだろうか。ストーカーならば、先程のコンシェルジェに追い返されたはずだ。門前払いされた女性を榎田の交際相手だと疑うだろうか。となれば写真には撮れなかったが、榎田が女性を招き入れるところを見たのかもしれない。やはりあの金髪の女性は、榎田の交際相手なのだろうか。

と、隣の東馬に目を向けると何やら含み笑いのようなものを浮かべていた。

「どうしたんですか？」

「いや、何が出てくるかと思ってな」

何かが出てくる事をあらかじめ予期しているかのような口ぶりだった。御堂は少し引っかかったが特に気にはしなかった。それが何であるにせよすぐに分かる事だ。

エレベーターが開き、最上階に辿りつく。すぐに玄関の扉が見えたのだが、御堂はまずエレベーターの脇の階段へと続く扉を開いた。下へと続く階段と屋上に上がるための格子状の扉がもう一枚現れる。その扉には鍵がかかっていた。やはり、防犯意識は高いようだ。屋上からベランダに侵入というのもどうやら難しそうだ。

廊下に戻り玄関のチャイムを押すと、榎田が現れる。よほど警戒しているのか、扉を少しだけ開いて顔半分だけ出している。

「袖崎華輪さんから言われて来ました。盗聴器の類がないか調べさせてください」

榎田は、「聞いてないな」と明らかに不機嫌そうな声を出す。

だがその反応は織り込み済みだ。用意していた文言で説得する。

「ですが、もし発見できればターゲットを見つけ出すための重要な手がかりになりますし、確認しておいたほうがいいと思いますが――」

「うーん、困ったな。今日じゃなければだめなのかい？」

――家にいるという事は、今日は仕事は休みという事だろう。何かこれから予定があるのだろうか。

御堂は食い下がる。

「華輪さんから、一刻も早く調べろと言われているんですが、もしあれでしたら華輪さんに確認をとって貰えませんか？」

実際に華輪に連絡して貰ってもよかったのだが、榎田はそこでようやく折れた。

「……分かったよ。でも、少し散らかっているから十分ほど待ってくれ。まぁ散らかっているといっても、綺麗なんだが僕はそういうのを気にするほうなんでね」

榎田は、いつものように必要のない言い訳をのべた後、再び扉を閉める。その後、きっちり十分して扉が再び開く。そこでようやく榎田の全身像が見えたのだが、キッチリとめかしこんでいた昨日とは違い、よれよれのTシャツにジャージ姿で少しだらしなく見えた。スリッパすら履いておらず素足であったため踵の絆創膏が目立ち、昨日の奇抜な服装に対する長い言い訳は何だったのだと思ってしまう。

常に他人の目を気にしているようであったが、盗聴器を見つけに来た業者の心証などうでもいいらしい。

御堂は、フェイクのトランシーバーを取り出し、さっそく盗聴器探しにとりかかった。部屋をぐるりと見渡してみる。

外観で見るよりもずっと広く感じるし、部屋数もかなり多い。だが、家具は最小限の物しかなくがらんとしている。まるで引っ越しの最中にやって来たみたいだった。昨日の服装から、前衛的な美術品が所狭しと飾られているイメージを持っていたのだが思ったよりも質素な生活を送っているようだ。

ふと、東馬の自宅を調査したときの事を思い出す。東馬が住んでいたマンションも榎田に引けを取らず高級で同じくらいの広さであったはずだが、ずっと狭く感じた。部屋が散らかっていたからだ。資料や脱ぎ捨てた服や生ゴミで溢れており足の踏み場すらなかった。それに火をつけて殺す計画すらあったほどだ（結局、周囲の人まで巻きこむ可能性があったので、やめたが）。

と、そんな事を考えていると、背後から榎田の声が飛んでくる。

「やけにじっくり見るんだね」

盗聴器を探しているんだから当たり前だろう、と御堂は思ったのだが「すいません」と謝っておいた。

「実はね、これをゆっくり見たいんだよ」

と、テレビを指す。サッカー日本代表の試合が流れている。まだ試合は始まっておらず、選手はストレッチをおこなっていた。御堂は、今朝見たデジタルタイマーを思い出す。あれから経過した時間を差し引くと、試合開始まであと一時間くらいだろうか。

　その後も榎田は、ずっと御堂の後ろにぴったりとついて盗聴器を探す作業を確認してくる。御堂は黙々と作業をしたかったのだが、東馬から「おい禅、せっかく隣にいるんだから、世間話でもして情報を聞き出せ」と言われたので、仕方なく話を振ってみる。

「もうすぐ、新作の映画が公開されるんですね」

「あぁ、『太陽は二人を祝福しない』の事だね」

「はい、そうです。髪長かったんですね」

「そうだね。あれは、地毛だったから手入れがとても大変だったんだ」

「短いのも、とても似合っていると思います」

実は、これはかなり要約してある。榎田は、言い訳だけでなく話そのものが長い男だった。たとえば映画のタイトルを言うだけでも、『フタシュク』と略されているとかどうでもいい情報が引っついてきた。特に、長髪だった事に対しては、やたらと説明が長かった。サッカーの試合が始まるまでに作業を終えて欲しかったのではないか、と文句を言いたくなるほどだ。

そして、ようやく一つの部屋を残し全ての確認を終えた。これまでのところ、何も見つかってはいない。

だが突然、榎田が扉の前に立ちはだかると「やめてくれ」と言いはじめる。実は、作業をしている間も何度かその部屋の前を通りかかったのだが、榎田はそのたびにその部屋を後回しにするように言ってきた（これも長かった）。どうやらどうしてもこの部屋には立ち入って欲しくないらしい。

「そこには、僕の大事な物が入っていてね。見られて困る物があるわけではないんだが、それはとても神聖な物で、誰かの目に触れて汚されたくはないんだよ。そういう事ってあるだろ、他人に自分の頭の中を覗かれたくないのと同じさ」

その言い訳は、秘密の中身について華輪から聞かれたときと似ていた。おそらく、この部屋に秘密が隠されているのだろう。

御堂は、ちらりと東馬を見る。

東馬ならば、簡単に扉を透けて中を覗く事ができるからだ。だが、東馬は微動だにしなかった。じっと、榎田を見つめているだけだった。

「よしもう分かった。帰ろうぜ」

と東馬が言う。

ここまで来て、秘密も盗聴器もまだ発見できていないのに、帰ろうというのか。

東馬は、言葉通り踵（きびす）を返し玄関へと向かって行く。御堂は不満だったが、「分かりました。ではこれで作業は終わりです。何も見つからなかったので安心してください」と伝え、その場を後にした。

7

御堂は、車に戻るとさっそく東馬に尋ねた。

「どうして、あの秘密の部屋を覗かなかったんですか？」

助手席で浮かぶ東馬が言う。

「俺くらいになれば、見なくても分かるんだよ。というか禅、扉すり抜けて見ちまったら、それはもうズルだろ」

今さらズルとか、どの口が言っているのだと御堂は思うが、「では、あそこに何があるんですか？」と質問を重ねる。

「これまでの情報をまとめればお前にも分かるはずだぜ。俺の助手なんだから、考えてみろよ」

「助手ではないので、教えて貰えませんか？」

「ダメだ、いいじゃねぇか。これから暇を潰さないといけないんだから、ちょっと考えてみろよ」

――暇を潰さないといけない？

「ちょっと待ってください。これから何をするんですか？」

「ここで待つんだよ。――これから榎田の秘密が姿を現す」

東馬は自信に満ち溢れた表情を浮かべる。何か企み(たくら)があってあえてあの秘密の部屋に入らなかったのかと思ったが、どうやら本当に何かを確信しているらしい。

それがなんなのかたしかに気になるが、まぁ、東馬が分かっているならばそれでいいだろう。御堂は、作業着から私服に着替えると、シートの背もたれに体を預け榎田の部屋をじっと見つめた。

その体勢でしばらくじっとしていると、東馬から再び声をかけられる。

「――ヒントが欲しいか」

「……はい？　なんの話ですか？」

「おい、榎田の秘密がなんなのか考えていたんじゃないのかよ」

「いえ、ただ榎田の部屋を監視していただけです。このまま待っていれば、分かるんですよね」

「あっ、お前それを言っちゃったらおしまいだよ。推理小説買って、最後まで読めば犯人が分かるから何も考えなくていいやって言っているのと同じだよ」

「僕、動物図鑑しか読まないんで分からないです」

それに、自分たちが主人公の小説であるならば、ホラー小説ではないのか。

東馬は、「はぁ、もういいよ」と言ってうんざりした顔で首を振り、カーナビのモニターを指さす。

「これをつけてくれ。サッカーを見たいんだ」

御堂はカーナビをつける。すでに試合は始まっており、観衆の応援と興奮気味の解説が車内に漏れる。

御堂は、それを見ずに再び榎田の部屋に目を向けた。

と、しばらくしてから、今度は御堂から東馬に声をかけた。少し気になる事があった。

「――あなたは、他人に理解されたいとは思わないんですか？」

「なんだよ、急に」と東馬は少し面倒くさそうな声を出す。

「今回、あなたの仕事っぷりを見ていると、まるで自分から嫌われにいっているかのようだったので」

「は？　どこがだよ。むしろ尊敬の念を抱いただろ」

御堂は、あまりに理解不能だったのでそれには何も返さずに、自分の話を続けた。

周囲の無理解を恐れない東馬の性格について思いを巡らせるきっかけが、今回の仕事の中でもう一つあった。『滝川プロダクション』で榎田のポスターを見たときだ。

「あのとき、サンゴヘビを連想したんです。僕は、この仕事を始めた当初、毎日のように動物図鑑のサンゴヘビのページを見ていました。ブラジルにいるサンゴヘビは、蛇の中で最も強い神経毒を持つとされています。ですので、周囲にいる無毒や弱毒の蛇はサンゴヘビに体を似せたりします。擬態というやつです。ですが、一説によればサンゴヘビのほうが弱毒の蛇に擬態しているのではないかとも言われています。サンゴヘビの毒が強すぎて、捕食しようとした他の動物が死んでしまい、毒への対処を学習しないからです。――蛇の毒は強すぎてはいけない。蛇ですら誰からも理解されないと生きていけない」

「おっ、おいちょっといいか」と東馬が戸惑った声を出す。「なんの話をしていたのか分からなくなってきたから、今はサンゴヘビの話は置いておこうぜ。車内には、探偵と殺し屋しかいないんだ」

「分かりました」と御堂は、そっと心の中の動物図鑑を閉じる。「では、もう一度聞きますが、あなたは誰かに理解されたいと思わないんですか？」

東馬は、両手を組みそれを後頭部に持ってきて言う。

「されたいよ。でも俺にとって重要なのは、納得する事なんだ。俺は納得したい。そのために誰がどれだけ困ろうと知ったこっちゃない」

あまりに自分本意な意見であるのに、まるで名言であるかのような言い草だった。御堂は腹から思いきり息を吐き出すと、それと一緒に思わず本音が零れた。

「やはりあなたの事は理解できません」

東馬は、「はっ」と笑いながら言う。

「そういう意味では、お前の仕事を手伝う事は、探偵のときよりも納得できるぞ。探偵の頃は、いつも現場に行ったらもう誰か死んでいたが、今はそれを食い止められるチャンスがあるわけだからな」

「『食い止められる』って思いっきり本音が零れていますよ」

どうして、御堂の仕事にここまで積極的なのか疑問だったが、そういう意図だったのか。そこでふと、東馬が殺されそうになったときに漏らしたあの言葉が頭の中で鳴った。

――『本当に俺は死ななくちゃいけないのか？』

東馬は、やはりあのときの事も納得したいに違いない。だからこそ、自分にとり憑いているのだ。

と、カーナビから『ゴール！』とアナウンサーの叫び声が聞こえる。モニターを見ると、日本代表の選手が皆で抱きあっている。いつの間にか、五点差もつき日本代表は圧倒していた。

それと同時に、東馬が前方を指す。

「おい禅、秘密が出て来たぞ」

目を向けると、滝川プロダクションで写真を確認した、金髪の女性が出て来るところだった。

8

御堂は金髪の女性を目で追う。実物を見ると、その金色の髪はとても鮮やかで夜でもよく目立っていた。だが、顔はサングラスとマスクをしているのでしっかりと確認できない。自分の事を隠したいのか主張したいのかよく分からない格好だった。

身長が高いので、やはり外国人かもしれない。

金髪の女性は、路地裏へと消えていく。御堂は、東馬に尋ねる。

「あの人が榎田さんの秘密でいいんですよね」

「あぁ、そうだ。あいつを追ってくれ」

御堂は、謎が深まるばかりであったが、とりあえずゆっくりと車を動かし後を追う。

金髪の女性は、コインパーキングに入り赤いスポーツカーに乗りこむ。

御堂は、間隔を空けて金髪の女性の追跡を始める。

赤いスポーツカーを眺めながら、頭を整理する。

東馬があの金髪の女性を『榎田の秘密』だと断言したという事は、あの榎田が隠そうとした部屋に女性が隠れていたという事だろうか。という事は、やはり交際相手だろうか。だがそうなると、榎田は交際相手を隠すためだけに殺し屋を雇ったという事になるが、本当にそこまでするだろうか。女性と交際する事を事務所から禁止されていたようだが、映画の公開と引き換えになるほどの秘密だとも思えない。

もしかすると、本当にあの女性が外国人であったとしたら、他国のスパイという事は考えられないだろうか。榎田の父、傑は官房長官。日本の情報を手に入れるために榎田に近づいたという可能性はある。

もしくは……。榎田傑の秘書、鏑が言っていた『榎田の性癖』を思い出す。

榎田が、あの部屋で金髪の女性を監禁していたとしたら――。

長年にわたり監禁が続くと、心が完全に支配されもはや鍵をかけて閉じ込めておく必要もなくなり、外出をしても自分の家のように戻って来ると聞いた事がある。被害者が加害者に恋愛感情を抱く事まであるそうだ。殺し屋がターゲットに恋愛感情を抱くのと同じように。

御堂は少し発想が突飛になっている事に気づき、想像を掻き消す。探偵と一緒にいる事で、余計な想像力が働いたのかもしれない。

どちらにしても、金髪の女性が何者か調べれば分かる事だ。

と、バックミラーに怪しげな動きをする車が見える。

東馬から「気づいているか？」と問われたので、無言で頷いた。

その車は御堂たちの乗る車ではなく、金髪の女性が乗る赤いスポーツカーを尾行しているようだった。

御堂は独り言のように呟く。

「もしかしてあれが……」

今度は東馬が頷いた。「あぁ、おそらくあれがターゲットだな」

外は暗くヘッドライトが眩しいので運転手の顔はよく見えない。金髪の女性を追っているのだとすれば、やはり週刊誌の記者だろうか。いや、そうとも限らない。単に榎田に恨みを持つ者かもしれないし、榎田の父傑を失脚させようとしている者かもしれない。

と、ついたままになっていたカーナビのモニターから試合終了のホイッスルが聞こえる。どうやら、日本代表がワールドカップ出場を決めたようだ。

東馬が金髪の女性が乗る赤いスポーツカーを指し言う。

「あいつの目的は、これだ」

その意味が御堂には分からなかった。サッカーの観戦が目的であるならば、試合が終わる直前に移動するはずがないし、そもそも車が向かっている方向は会場と真逆だ。

と、東馬が続ける。

「渋谷だよ。こういうときは、必ずお祭り騒ぎになるだろ」

あぁ、と御堂はようやく理解した。ターゲットを尾行しているときに、実際に遭遇した事がある。あれはたしか野球の大きな大会で日本が勝ったときだ。渋谷のスクランブル交差点が、まさに何かの祭りのように人で溢れ返り、押しあいへしあいとなっていた。

だが、金髪の女性が渋谷に向かおうとしているのは分かったが、その理由が全く分からない。なぜ金髪の女性は人ごみを求めているのだ。と、車が渋滞を始めたところで、金髪の女性が乗る赤いスポーツカーは狭い路地へと入って行く。

そしてそれを狙っていたかのように、御堂たちの後ろを走っていたターゲットの車もエンジンをふかし、御堂たちの車を追い越して赤いスポーツカーへと迫って行く。

その勢いから、もはやターゲットに尾行の意志がない事は明白だった。

ターゲットが乗る車は、赤いスポーツカーにグングンと近づくと、背後から思いきり追突する。どんと一つ大きな音が鳴り、赤いスポーツカーはそこでようやく自らに危機が迫っている事に気づき、さらにスピードを上げる。

御堂は目の前で何が起きているのか全く分からなかった。ターゲットの意図も金髪女性の意図も何もかもが分からない。さらには、自分が何をするべきかも見失いかけていた。とにかく、前を走る二台の車を追跡する。実際には浮かんでいるだけの東馬は、そのスピードに驚いて意味もなくシートを掴もうとしている。

赤いスポーツカーは逃れようと右折する。ターゲットの車もそれを追うがこちらのほうは反応が遅れ、車体の左側をガードレールに擦り、火花が上がる。御堂も追うと、長い直線道路に出る。だがその先は行き止まりとなっており、フェンスがある。

御堂が二台を追っている事は、もはや金髪の女性にもターゲットにも知られているはずだ。もう、手段を選んでいる場合ではないだろう。

助手席に素早く右手を伸ばした。そこにいる東馬の体をすり抜け、ダッシュボードを叩く。「うわぁ、なんだ！」と東馬が叫ぶ。ダッシュボードが開き、華輪があらかじめ用意してくれていた拳銃が出てくる。

東馬がまたしても叫ぶ。「こんな物、入れてやがったのかよ！」

殺し屋なのだから当たり前だろうと御堂は思いながら、その拳銃を手に取ると、窓を開いて構え――素早く二発撃つ。

金髪の女性の車とターゲットの車のタイヤに向けて。

どちらも見事にパンクし、赤いスポーツカーは旋回し停まる。ターゲットの車は、右に逸れると路肩に乗り上げ回転し天板を道路に擦らせながら停止した。

東馬が大きく口を開けて驚く。

「お前、本当に凄いな。あのスピードで、タイヤを正確に狙ったのか？」

御堂は、心の中で——あなたのときは狙いを外してしまいましたけどねと呟いて、急ブレーキを踏むと、車から飛び出す。

周囲は空き地があるだけで人気はないが、今の音ですぐに誰かが飛んで来るだろう。やるならば急がなければいけなかった。

ひっくり返ったターゲットの車に駆け寄る。衝撃でドアウィンドウが割れており道路に何かが飛び出している。

間近で確認すると、それは見覚えのある眼鏡だった。

——そうだ聞き込みのときに見た。だが、どちらがかけていた物だった？

マネージャーの緑川か、秘書の鏑か。そのどちらかがターゲットだったのだ。

御堂は、ひっくり返った車内を覗きこむ。

9

「これは、どういう事なんだよ！」

御堂がひっくり返った車を覗きこんだと同時に、赤いスポーツカーから金髪の女性が飛び出してくる。

いや、赤いスポーツカーから出てきたのは、金髪でもなければ女性でもなかった。

それは——依頼者の榎田剣斗だった。

金髪はカツラで、先程の衝撃で脱げてしまったのだろう。榎田は丸坊主に女性物の服を着ており、ハイヒールまで履いているので初めて見たときよりもずっと個性的で奇抜な格好をしていた。

横で東馬が、クックッと笑っている。どうやら東馬は、金髪の女性が榎田である事をずっと前から分かっていたようだ。

つまり、これこそが榎田の秘密であったのだろう。

——女装癖。

あの榎田の秘密の部屋は、女装のための衣裳部屋という事だったんだろう。

榎田は、御堂の顔を凝視し「さっき、盗聴器を探しに来た奴か」と呟いた。さらに、この状況を上手く呑みこめていないのか「お前がおれを脅迫していたのか！」と怒りをあらわにする。

ここまでくれば隠す必要もないだろう。御堂は、「僕は華輪さんから雇われた殺し屋です」と改めて自己紹介し、横で横転している車に銃口を向けて「ここにいるのが、あなたを脅迫していたターゲットです」と伝えた。

と、中で意識を失っていたターゲットも目を覚ましたのか、這い出てくる。

榎田は、その人物を見て驚き目を見開く。

それもそのはず、それはマネージャーの緑川菜々美であったのだから。

緑川菜々美は、道に落ちていた眼鏡をかけなおすと、榎田の姿を見て驚いた。

「……剣斗。どうして」

榎田も緑川を見て驚く。

「聞きたいのはこっちのほうだ。緑川、僕に脅迫のメールを送っていたのは君だったのか」

緑川は、しばらく榎田の格好を見て唖然としていたが、やがて涙をぽろぽろと流しはじめる。

「剣斗が、金髪の女と付き合っているのかと思ったのよ。だって、剣斗、ストーカーとかあからさまな嘘吐くし。なんかクリスマスとかハロウィンとか絶対に休みにしろっていうし。今、大事な時期でしょ。二人で、ハリウッドを目指そうと言ってくれたじゃない。だから、脅迫すれば、別れてくれると思ったのよ！　っていうか、何よその格好！」

　どうやら緑川の榎田に対する思いは、仕事上の付き合い以上のものがあるらしい。榎田は、緑川の言葉で自分がどんな格好をしているのか改めて自覚したのか、いつものように長い言い訳を始める。

「こ、これは、演技の幅を増やすためだよ。ほら、演技派の俳優が、役作りのために大幅に体重を増やしたり、歯を抜いたりするだろ。俺もその域に達するために、女装していたのさ。まぁ、女性役はまだきていないけどね。でもあれだ、いずれきそうな気配があっただろう。俺はそこまで気が張りつめていたんだ。これから、きそうな役を予見してしまうくらいにね。だからこうやって――」

　言い訳が高度すぎて、御堂には、何を弁解しようとしているのかも分からなくなっていた。ともかく、拳銃を持って突っ立っている自分は誰よりも場違いであるという事は分かった。

　もはや、依頼を撤回するかどうかも聞く必要はないだろう。榎田は、泣き止まない緑川に駆け寄り、よく分からない言い訳をずっと続けていた。

　御堂は、誰かがやって来る前に車に乗りこみ、その場を速やかに立ち去った。

10

御堂は、ストレッチをしながらテレビを見つめる。あの喜劇のような——御堂からすれば悪夢のような——一件から、十日が経とうとしていた。

あの直後、正式に榎田から依頼の撤回があった。依頼料は全額払うので、見たものは全て忘れてくれという事だった（もちろん、そこには長い言い訳がついてきた）。

さらに、あの晩おこなわれたカーチェイスについても、自分で処理をするという事だった。政治家の父、傑に揉み消して貰ったのだろう。

そして榎田は無事、主演映画の公開にこぎつけた。テレビでは、大ヒット記念として舞台挨拶をしている榎田の姿が放映されている。あんなつまらなそうな映画がヒットするとは、にわかに信じ難いが、驚きはしない。人間がいかに複雑な生き物であるか、あの日嫌というほど思い知った。

——東馬がどんな経緯で榎田の秘密に気づいたのかを帰りの車内で聞いた。

最初に疑ったのは、榎田が靴擦れの絆創膏をやたらと見せつけようとした時らしい。あれはなれないハイヒールによってできた傷だったようだ。

榎田の頭の中では、女装癖をいかに隠すかという葛藤がしばらく続いていたのだろう。考えすぎた結果、靴擦れから女装癖がばれてしまうかもしれないと思いこみ、その言い訳をするために、わざわざ裸足(はだし)に革靴を履き、それにあわせて奇抜な服を着てきたのだ。素足に革靴だから靴擦れを起こしているんですよ、という言い訳をするためだけにだ。

その後東馬は、緑川と鏑の話をまとめ榎田が女装癖の持ち主である事に確信を持ったようだ。特に、鏑が持っていた榎田のスケジュールが決め手になっていた。榎田の休みは、世間で大きなイベントがあるときに限っていた。それは同時に人混みができやすい日でもあり、榎田にとっては絶好の女装日和(びより)でもあったのだ。ばれたくなかったのでは、と御堂は思ったが、女装癖を持つ者は誰かにその姿を見て貰いたいという欲求を同時に持っている事が多いらしい。皆が騒いでいる状況であれば、注目を集めつつもばれにくいと考えたんだろう、と東馬は説明した。

「俺と一緒で、理解されたいし納得もしたかったんだろう」と。

さらに、金髪のかつらを被っていたのにも理由はある。榎田は、現在大ヒット中の映画で、黒髪の長髪にしていた。同じような髪型にならないよう、あえて派手な金髪にしていたのだ。

どうしてそこまで女装したいのか御堂には全く理解できなかったが、ともかく榎田は自分ではない全くの別人を演じていくうちに、その癖に目覚めてしまったようだ。

それにしても、これまでの依頼の中で最も馬鹿馬鹿しい結末だったと改めて思う。

が、ホッとする気持ちも同時にあった。

御堂は、あのときターゲットが緑川だと知り、密かに激しく動揺していた。女性と子どもをターゲットにした事はなかったからだ。いつかは、やらなければいけない日がくるかもしれないが、少なくともあの日にそれをおこないたくはなかった。それこそ、東馬ではないが——自分が納得した上でおこないたい。

と、テレビは話題を変える。

榎田の代わりに現れたのは、美しい女性だった。

場所は、成田空港のようだ。女性は、両脇にスーツを着た刑事らしき二人を従え、多くの報道陣に囲まれている。

と、その女性を見た東馬が分かりやすく顔を歪めながら呟く。

「ババァ、生きてやがったのか」

——ババァ?

御堂は少し驚いて、もう一度テレビを凝視する。

——もしかして、あれが東馬の母親?

よく見れば顔立ちが似ていなくもないように思える。それに、女性の脇にいる刑事の片方に見覚えがある。以前、病院で会った東馬と顔見知りのソタイの刑事、巽円香だ。だが、たしか東馬の母親は五十代後半のはずだ。テレビに映る女性は、三十代といっても通用しそうなほど若々しく見える。

東馬が憎々しげに「ちくしょう」と漏らす。

「ガキの頃の記憶のままだ。俺が稼いだ金を美容につぎこんだのかよ」

状況が見えてきた。どうやら、警察が東馬を助けるために母親を見つけ出したという事らしい。――臓器移植のために。

東馬の母親は、空港を出て警察が用意した車に乗りこむ直前、一度立ち止まるとくるりと振り返り、カメラ目線で言う。

「わたしは警察に呼ばれたから来ただけよ。あいつが死のうが知ったこっちゃないわ」

その言いぐさは、まさにこの前聞いた東馬のそれと全く同じだった。

ともかく御堂は、気分がよかった。これで、東馬が死ぬ事が決定したようなものなのだから。

第　三　章

『ゴリラだって嘘を吐く』

1

こいつは俺だ、と東馬はグアナコを見て言う。

グアナコとは、南アメリカの高地に生息している動物の事だ。ラマの祖先ともいわれ、首と足が長く、そのスラリとした姿はどこか気品高く見える。

御堂と華輪は、ほぼ同時に「どこが？」と返す。御堂は「グアナコに失礼ですよ」とつけ加えておく。

「周りを見てみろよ」

と東馬は両手を広げる。今、御堂たちがいるのは動物園の奥ばったところだった。

「誰もいないだろ、象やキリンには常に人だかりができているのに。しかもこいつはアルパカにちょっと似ているが、毛が薄く可愛げがないから特に人気がない。つまり、影(かげ)が薄いんだ。そこが俺と似ている」

たしかに周囲に人はいない。だがそれはグアナコに人気がないというだけでなく、この動物園の構造に問題があるようにも思える。この一角だけ動物園をぐるりと回るルートから外れておりさらには周囲の木々が陰を作っているため、気づきにくい。

——まぁ、だからこそ、ここにいるわけだが。

華輪が「どうしたの、いつになく自虐的じゃない」と言って、ふふと笑う。

ちなみに今日の華輪の服装は、いつものようなチャイナドレスではなく上品な色のワンピースだ。

たしかに今日の東馬は元気がない。がくりと肩を落とし、「そりゃそうだろう」と自らの体に視線を向ける。

「あなたの場合、影ではなく体全体が薄いんですけどね」

と御堂は冷静に告げる。わざわざ言う事でもないのだが、落ち込んでいる東馬を見ていると気分がよくなってつい口にしてしまった。

——三日ほど前から、東馬の体が薄くなりはじめていた。最初から透けてはいたのだが、よりスケスケになってきたのだ。

原因ははっきりとしている。東馬の体が弱っているからだ。

警察は、東馬の母親を見つけ出し、『息子さんはたしかに皆から嫌われていますし、害悪といっても過言ではありませんが、それでもやはり名探偵です』と臓器移植を頼んだが、東馬の母親は「どうしてわたしが誰かに何かを差し出さなくてはいけないの。だったらお金をちょうだい」と首を縦に振らなかった。さらに、東馬にとって追い討ちとなったのが、ドナー登録している者たちが『東馬京に自分たちの臓器を渡さない会』なるものを発足させたことだ。昨日会見が開かれ、代表の男が『僕たちは東馬京が死ぬまで絶対に死なない。死んでも木っ端微塵になってやる！』と声高々に宣言していた。御堂は、それを見ながら、それにしても『早起き推進委員会』といい世の中には多種多様な『会』が存在しているんだな、とどうでもいい事に思いを巡らせていた。

意識を目の前に戻し、少し気になっていた事を華輪に尋ねる。

「『体が弱れば透ける』というのは、華輪さんが前に言っていた二つのうちの一つではないんですよね？」

幽霊（生霊）に関して、まだ二つばかり話していない事があるらしい。前回の榎田の一件で、その内の一つを東馬は知ったようだが、それとは違うはずだ。

「そうね」と華輪は言う。「体が薄くなるっていうのは、まぁ、話すほどの事でもないかなと思って言わなかっただけよ」

東馬が即座に「いや重要だろ」と怒鳴るが、華輪はまたしても笑みを浮かべるだけだった。

そして会話もなくなり三人でしばらくグアナコをぼんやりと見ていると、背後に気配を感じる。そこには少し尖った殺意も交じっていたので、御堂はすぐに気づいた。

振り返ると、スーツを着た強面の男たちが四人立っていた。

華輪が小さな声で、「さぁ、仕事よ」と御堂に告げる。

御堂たちが動物園にいるのは、グアナコを見るためではない。依頼者にここを指定されたからだ。

スーツの男たちを掻き分け、着物の長着姿の大柄な中年男性が現れる。

東馬がその男を指し「檻からゴリラが逃げたぞ！」と叫んだが、御堂は無視し姿勢を正して頭を下げた。隣の華輪も頭を下げる。

男は、「おう禅、華輪ちゃん、久しぶりだな」と笑みを浮かべながら軽く手を上げる。

この男こそ今回の依頼者だ。喝八一家の二代目組長で、名を小田原と言う。

御堂は、これまでにも何度か小田原の依頼を引き受けた事があった。小田原は、しきたりには厳しいが仁義を重んじる昔気質の親分で、人として好感が持てた。依頼のたびに、こうして直接会いに来てくれるのも嬉しい。シルバーチップが御堂である事を知る数少ない一人だ。

小田原は太い眉毛を八の字にし、少し申し訳なさそうに「いきなりこんなところに呼び出してすまなかったな」と詫びた。いつもであれば依頼は華輪のバーで聞くのだが、今回は小田原が訳ありであったため、この動物園が選ばれた。たしかにここならば、華輪のバーがある錦糸町よりはずっと人気が少ない。

小田原は、御堂に顔を向けると「禅も悪いな、最近仕事をしたばかりなんだろう」と言う。御堂は「いえ」と小さく首を振って返した。前回の榎田の一件から二週間ほどしか経っていないが、小田原の依頼とあらば仕方がない。

むしろそれに関して言うのなら……。

御堂は、ちらりと華輪に目を向ける。依頼をあっさりと引き受けた華輪に対しては不満がある。やはり、最近の華輪は少しおかしい。何か急いでいるというか、やたらと御堂に依頼をこなさせようとしている気がする。

華輪が心配そうな声で小田原に言う。

「それで、お体のほうは？」

小田原は、少し顔を歪めると襟元（えりもと）を引っ張り、右肩に巻かれた包帯を見せてくる。

「痛むが大丈夫だ」

昨夜、小田原は都内のホテルのロビーで撃たれた。撃った人物はすぐに逃げ小田原も大事には至らなかったが、多くの一般人がいた事からすぐにニュースになり、小田原は警察にマークされる事となった。ここに来るのも大変だったはずだ。

と、またしても東馬が叫ぶ。

「おい、密猟犯に撃たれたのかよ!」

どうやら死にかけている事が余程ストレスになっているらしい。それを少しでも小田原で発散しようとしているのだ。さらに、御堂の耳元で囁いてくる。

「おい、ゴリラが人間の真似して喋(しゃべ)ってるぞ。お前も、グーで胸叩いて、ゴリラの真似をしてやれよ」

「ゴリラのドラミングは、パーです」

御堂は言ってからしまったと思った。動物の事になると無意識に反応してしまう。

「ん?　なんだ?」と小田原が不思議そうに御堂を見る。どうやら、ちゃんと聞こえなかったらしい。

華輪が、御堂の袖を引っ張り、耳元で囁く。

「禅君、小田原さんはあなたがあの探偵さんの一件で失敗した事をご存知なのよ。それでも、あなたを指名してくれたの。これ以上、小田原さんを不安にさせるような言動は控えなさい」

御堂は、小さく「すいません」と華輪に謝ると、東馬を睨みつけた。あなたのせいで怒られたではないか、と。

場が仕切りなおされ、御堂は尋ねる。

「――それで、誰にやられたんですか？」

　小田原は、一枚の写真を取り出すと御堂に手渡す。そこには、リーゼント頭のまだ幼さが若干残る若い男が写っていた。

「うちのもんさ」

　それは、御堂には少々意外だった。小田原率いる喝八一家は、一枚岩で自らの命を進んで差し出す男たちが集まっているはずだ。

「そいつの名は宗倉勇吾っていってな。あいつの両親がとんでもない馬鹿で、うちに借金を作って消えちまってな。仕方がねぇから俺が引き取ったんだ。我が子のように育ててきたんだがな……」

　御堂には、小田原のその表情が育ての父親と重なって見える。修業中によくこんな顔をされた。心配で仕方がないのだが、甘やかさないために厳しく見つめる――そんな親の顔だ。

　小田原は、少し寂しそうに檻の中で佇むグアナコを見つめながら続ける。

「俺も辛いんだがな。親殺しを仕掛けてきた奴を許していたら、俺たちの世界では生きていけねぇ。――禅、どうだ、やってくれるか？」

　御堂は、静かに一度頷いてみせる。

小田原は、「そうか、すまねぇな」と、本当に申し訳なさそうに呟いた。

「それで、その宗倉勇吾は、今どこにいるんですか？」

小田原が、組員たちに指示を出す。すると、組員の一人が胸の内ポケットから紙を取り出し、御堂に手渡す。

「一応、あいつがいそうなところをリストにしておいた」

御堂が、ざっと確認すると、どれも都内かそれほど離れていない近隣の県だった。

「まだこのあたりに、潜伏しているんですか？　もう、どこか遠くに逃げたという事は？」

「それはねぇな。あいつの事は俺が一番よく分かっている。必ず、もう一度狙ってくるはずだ」

少し不可解だった。仕留め損なったターゲットを再び狙う事がどれほど難しいのか東馬の一件で、御堂は身に染みて理解している。宗倉の執念はそれほどまでに大きいのだろうか。

「あの……宗倉は、どうしてそこまでして、小田原さんの事を執拗に狙っているんですか？」

小田原は、その問いに驚き目を丸くさせた。

——なんだろう？　おかしな事を言っただろうか？

が、小田原はすぐに表情を元に戻すと何事もなかったかのように説明を続ける。

「あいつは、勘違いしてやがるんだ……。最近、うちの組に悪い噂が流れていたからな。それを信じちまったんだろう」

小田原は、『悪い噂』に関しては、それ以上何も言わなかった。口にするのも嫌なのかもしれない。

「それでな、あいつがどこにいるかだが、手掛かりとしてもう一つ渡しておきたい物がある。先にお前たちが乗って来た車の前に置いておいたから、後でそれを確認してくれ」

「……なんですか？」

「あいつの部屋にあった私物だよ。警察が掻き回す前に、持ち出した」

さらに小田原は、腹に響くような声で御堂に告げる。

「なぁ、禅。今回は、一つだけ注文をつけ加えていいか？」

「……なんですか？」

「——苦しまないようにしてやってくれ」

小田原の顔は、苦しそうに歪んでいた。撃たれた傷が痛むわけではないだろう。

御堂は、覚悟をもって小田原の目を見つめ「はい」と頷いた。

「話は以上だ」と、小田原は踵を返す。

「長居して、警察にかぎつけられたら困るから、おいとまするよ」

組員の者たちが、慌てて周囲を取り囲む。

と、小田原が去り際、ポツリと零した。

「……禅、お前、なんか変わったな？」

「えっ？」

「前は、俺の目的とか、あんまり興味なさそうだったのによ」

どうやら、先程の驚きの表情はそれが原因だったらしい。

――僕が変わった？

「別に悪い事じゃねぇんだぜ。殺し屋だって――考えていいんだ」

その言葉は、御堂の頭の中で特別な響き方をした。

2

御堂は、床に置かれた箱に目を落とす。

宗倉勇吾の私物が入った段ボール箱だ。小田原が言った通り車の前に置かれていた。御堂はあれから、華輪をバーまで送り届けた後、部屋に帰りまずは晩御飯を作る事にした。今回の依頼は、ターゲットを監視する必要がないので自宅からの通いとなるため保存食を作る必要はない。

鮭(しゃけ)に味付けした後バターとともにホイルで焼き、ダシをとって、それを少し入れた卵焼きを作り、昨日の残りであるあさりの吸い物を温めなおした。

それらを食べながら、何が入っているのだろうと段ボール箱の中身に思いを巡らせる。

すると、浮かんでいた東馬が、段ボール箱の上に座るように移動して来る。

「お前な、そいつは玉手箱でもパンドラの箱でもないんだ。何をもったいぶってんだよ。とっとと開けろ」

東馬が乗り気に見えるのは、気のせいではないだろう。先程も華輪にそそのかされていた。「証拠品から相手の居場所を突き止めるなんて、またしても探偵向きの仕事じゃない。協力してくれればきっと、禅君もあなたの命を救うのに一役かってくれるはずだわ」と。

御堂には、華輪の真意がまるで分からなかった。殺し損ねたターゲットの命を救う殺し屋がどこにいるというのだ。だが東馬はその言葉を素直に受けいれたらしく、早く段ボール箱の中身をたしかめようと急かしてくる。

御堂はむしろ、そんな東馬の姿勢が気にくわない。段ボール箱をなかなか開けないのも、そこのところをはっきりさせておきたかったからだ。

改まって「言っておきたい事があります」と東馬と向かいあう。

「なんだよ」

「あなた、この前言いましたよね。殺しを食い止められるチャンスがあるから僕の仕事を手伝っているって。——今回だけはやめてください。絶対に、邪魔をしないでください。それができないなら、仕事を手伝わなくていいです」

わざと口調も視線も強くする。東馬は鼻を鳴らして、腕を組む。

「お前、ゴリラに『変わった』って言われた事を気にしてるんだろ」

図星だ。それぞれに理由があったとはいえ、東馬、磯浦、そして緑川菜々美とターゲットであった人物を誰も殺していない。もしかすると自分は誰も殺せなくなったのではないか、と不安がよぎったのだ。

それでも今回だけは譲れないと、じっと東馬を見つめる。

小田原は育ての父親とも旧知の仲で、育ての父親がいなくなった後も迷わず御堂を指名してくれた。『あいつが育てたんなら、間違いないだろう。俺はあいつとお前を信じるよ』と。その小田原の信頼を失なうような事はしたくなかった。

「なんだよ、何見てんだよ。あのな、俺に何ができるっていうんだよ。邪魔をするっていったってたかが知れてるだろ。殺すかどうかは結局お前次第なんだよ」

――今回はそれもして欲しくないと言っているのだ。

無言で見つめ続けると、東馬は観念したのか「分かったよ、邪魔しねぇよ」と不満そうに漏らす。

御堂もその煮え切らない態度にため息が零れた。だが、言質がとれただけよしとするしかない。

「では」と言って、段ボール箱を開く。ちょうど晩御飯を食べ終わったところだったので、皿を流し台に持っていった後、御堂も覗いた。

改めて今回の依頼について、頭の中でまとめる。今回は小田原を撃った組員、宗倉勇吾を捜し出し仕留めるという依頼だ。そして、手掛かりは、宗倉が潜伏していそうなところをまとめたリストと、宗倉勇吾の私物が入っているこの段ボール箱だ。

だが、一瞥したところでは、明らかに宗倉の行方に繋がらなさそうな物ばかりが目立つ。灰皿やゲーム機のコントローラー、暴力団を描いた漫画……。

小田原は一般人が多くいるホテルのロビーで撃たれたので、警察に知られるのも早かっただろう。となれば、すぐに宗倉の自宅にも捜査の手が伸びただろうから、吟味(ぎんみ)できるほどの時間もなかったはずだ。そもそも宗倉が計画的な男ならば、手掛かりなど残っているはずがない。

が、頭をその箱に突っ込んでいた東馬が、勢いよくその顔を上げると、声をあげる。

「これを見てみろ」

東馬が指した先に御堂も目を向けると、雑多に詰めこまれた箱の中に何やら見なれない物が入っていた。それを手に取り目の前に持ってくる。東馬も真向かいに来て、顔を近づける。

それは——電子辞書だった。

大きさや形状は長財布に似ている。開くと、片面がモニター、片面がキーボードになっており、ノートパソコンのミニチュア版といった感じだ。電子辞書にしては、多少豪華な気もするので、ワープロなどの多機能も兼ねているのかもしれない。

東馬が少し興奮気味に言う。「おい、つけてみろよ」

——まるで、宝探しをしている冒険家のような顔で言ってくるので思わず御堂は呆(あき)れてしまう。先程確認をとったにも拘わらず、これが殺しの案件である事を忘れているのかもしれない。

小さくため息を吐きながらも、側面にあった電源ボタンを押す。

モニターが明るく光り、商品名のロゴが現れ、左上に電池のマークが出る。と、電池の目盛マークが電源を入れてすぐ、一つ減る。

御堂は即座に電子辞書の電源を落としていた。

東馬が「なんだよ」と言うが、電子辞書を見つめたまま動けない。

ただの偶然かもしれないが、電池の減りが速いときは、まず疑わなければいけない事があるのだ。育ての父親にそれを叩きこまれたので、条件反射で閉じてしまった。

御堂は、立ち上がり、鞄の中から筆記用具入れを取り出す。そこには、プラスドライバーが入れてある。御堂は手際よく電子辞書をばらしていく。

すると、まさに危惧した通りの物が現れた。

「盗聴器か」と東馬が呟く。

榎田の一件でも調べた事があったが、今回は本当に出てくるとは。疑った御堂本人すらも驚いた。

電源は寄生型となっており、電子辞書のバッテリーを使っている。この型の物は、それほど電気を食わないはずだから、電源を入れた後即座に電池マークが減ったのは、ほんとうにただの偶然であったようだ。御堂からすれば運が良かったという事になる。

それにしても、かなり手の込んだ構造だ。宗倉という男の印象が少し変わる。小田原への襲撃のしかたからすると、衝動的な男のようにも思えたのだが。

と、東馬がぼそりと呟いた。

「こりゃ、ハメられたな……」

東馬は、電子辞書をじっと睨みながら、顎鬚のあたりを擦っていた。

その一言で、御堂は東馬の考えが分かった。

「――まさか、小田原さんがこれを仕組んだって言いたいんですか？」

「誰もそんな事は言ってねぇだろ。だが宗倉って奴が仕組んだようには見えない」

――それはもう、小田原さんがやったと言っているようなものだろう。

「……小田原さんは、そんな人じゃないです」

東馬が、「はっ」と鼻で笑う。「じゃあ、どんな人なんだよ。俺は、別にあのゴリラの親分がやったって断定しているわけじゃないけどよ。悪人である事は、間違いないだろう。お前に人を殺せって頼んでくる奴が、善人なわけがないからな」

いちいち癇に障る言いかたをしてくる。

「それどころか、俺はかなり胡散臭い奴だと思うぞ。さっきのあれだけどな。お前、あの前にかなり核心をつく質問をしていたんだ」

――核心をつく質問？

「『宗倉さんは、どうしてそこまでして、小田原さんの事を執拗に狙っているんですか？』ってな。あのとき、小田原は言葉に詰まっていただろ。宗倉が小田原を襲撃した動機をお前に知られたくなかったんだよ」

たしかに、小田原はあのとき言葉に詰まっていた。だが……。

「あれは、僕がこれまでそんな事を聞いた事がなかったからでしょう」

「いやいや。あれはゴリラの言い訳であり、嘘だよ。ゴリラだって嘘を吐く」

たしかに動物図鑑によれば、人に飼われているゴリラは嘘を吐くようになるらしい。と、そんな事はどうでもいい。今はゴリラではなく小田原さんの話をしているのだ。

「――あなたは、僕や小田原さんの何を知っているというんですか？」

段々と、頭が冷たくなってくる。自分の大切にしている物を詰めこんだ箱を勝手に開いて滅茶苦茶に荒らされているような気分だ。猛烈な殺意が体から沸き立つ。先程の約束を簡単に破られた事も気に障る。

「お前な、別にあいつは仲間でも何でもないだろう。俺は、お前の相棒だぞ。どっちがお前の事を考えていると思っているんだよ？」

——相棒？　この期に及んでまだそんな事を……。

御堂の頭の中で火花のような光が弾け、気がつけば電子辞書を東馬に向けて投げつけていた。電子辞書は、東馬をすり抜け壁に当たり床を転がる。

それでも、東馬はさらに語気を強めてくる。

「お前な、俺がどれだけ——」

と、言ってから言葉が続かず「けっ」と吐き捨てると、背を向ける。

御堂も、会話を切り上げる。

分解された電子辞書は、床に転がったままだった。

3

「俺の事は見えなくとも、お前の考えはお見通しだ！」

御堂は、ゆっくりと瞼を開きながら、さて、どうしたものかと頭を悩ませる。

部屋の中は明るく天井がはっきりと見えているので、朝ではあると思うが、枕元に置いてある携帯電話からエリック・サティが聴こえてこないので、起床時間である五時にはなっていないはずだ。

たしかに説明したはずだ。明日から早速仕事を始めます。起床時間は五時です、と。もし、先程の声が夢でないのだとしたら狂っているとしか思え――。

「お前の頭の中は、俺の体よりも透けて見えるぞ！」

あぁ、狂っているのか……。

御堂は、顎を少し引いて足元のほうに目を向ける。何もないところに人差し指を向けてポーズを決める東馬が見えた。

「あの、たしかめるのも本当は嫌なんですが……それは、何をやっているんですか？」

東馬は、ポーズを決めたまま顔だけをこちらに向ける。

「あん？　決め台詞の練習だよ」

「決め台詞……ですか」

「あぁ、探偵に必要なのは、推理力と決め台詞だからな。ほらフィクションの世界でよくあるだろ、じっちゃんがどうとか、江戸川がどうとかってやつ。俺にも、『俺を誰だと思っているんだ！』って決め台詞があったんだけどな。この通り、特徴が一つ増えちまったからな」

東馬は、そう言って透けた体を広げる。

「だからよ、今までのやつじゃ、ちょっと物足りねぇかなと思ってな」

「――今ですか？」

「あぁ、なんか文句あるのか？」

東馬の態度はいつも以上に喧嘩腰に見える。どうやら、昨日の口論を引きずっているらしい。単に嫌がらせだろう。

と、エリック・サティが流れ始める。朝の五時になったらしい。

御堂は、うんざりしながら、上半身を起こす。

と、少し異変に気づく。――どこかおかしい。

御堂は、眠っている間、全く体を動かさないように訓練してある。だが、寝る前と五センチほど体がずれていた。思わず、顔を覆ってしまう。

小田原の『禅、お前、なんか変わったな？』という言葉が再び頭の中で鳴る。

――僕は、本当に……。

御堂は、その思いを振り払うように頭を振ると、支度を始める。

その間も、東馬は決め台詞の練習をしていた。

ふと、視界に何かが入ったので見てみると、昨日壁に投げつけた電子辞書がそのままの状態で転がっていた。

部屋を出て、華輪が用意した車に乗りこむと、早速、宗倉勇吾捜しを始める。

あの後、一通り段ボール箱の中を調べてみたが手掛かりに繋がりそうな物は結局見つからなかった。それでまずは、小田原から渡されたリストを当たってみる事にした。

車には、すでに殺しの道具が一式詰まったアタッシュケースが積まれていた。

東馬は、その後全く口をきかなくなった。どうやらいまだ怒っているらしく、後部座席で、常に御堂に背を向け不貞寝の格好をとっている。御堂にとっては、仕事がやりやすいのでそのままにしておいた。

今回の依頼は、それなりにハードなものだ。宗倉はまず間違いなく武装をしているはずで、下手をすれば罠を仕掛けている可能性もある。それに、警察が先回りしていないとも限らない。東馬に構っている暇はないのだ。

リストに書かれていた住所は、全部で五つ。埠頭の倉庫、スクラップ工場、廃ビル、公園のトイレ、放水のための地下空洞。

小田原は、几帳面な性格なのか、全ての住所の隣に、潜伏しているかもしれない理由と、その可能性が五つ星形式で添えられていた。一つ例を挙げるとこんな感じだ。

[スクラップ工場　裏社会の取引でよく使われているから　★★☆☆☆]

これほどまでに殺し屋に気を使っている依頼者も珍しい。そう考えると、やはり小田原を疑った東馬に腹が立った。

だが結局、五つの場所は、全て――空振りだった。

宗倉は見つからず、いたのは、不法滞在している外国人か、野良猫ぐらいだった(近くのコンビニで缶詰を買ってご馳走(ちそう)してあげた)。

徒労感だけが残る。常に警戒しながら、一つ一つの場所を細かく調べるのは、肉体的にも精神的にもかなりこたえる作業であったのに、何も見つからなかったとなると疲れも倍に感じる。

――さて、どうしたものだろうか。

帰り道の車中で、御堂は頭を悩ませる。日が暮れかけていた。

今回の依頼は、あまり時間をかけられない。小田原は、宗倉が再び襲撃してくると断言していたが、警察が張っている以上やはり手を出しにくいはずだ。そうなれば、諦(あきら)めてどこかへ逃亡する可能性が日に日に高まっていく。

「あー、どうしよっかな」

後部座席から東馬が呟く。一時間ほど前から、ずっとこの調子だ。

「今、謝られたら許しちゃうかもなぁ」とか、「今ちょっとだけ、機嫌良いなぁ、俺」とか、こちらに謝罪を促すような素振りを見せてくるのだ。どうせ、無言でいる事に耐えきれなくなっただけだと御堂はそのたびに無視を決めこんだ。

と、頭に一つ閃くものがあった。脇に車を停めて、助手席の鞄を開く。

御堂が鞄から取り出したのは——巽円香の名刺だった。

それはあまり認めたくない事で、不愉快極まりない事ではあるが、『東馬』から連想し思い出したのだ。

名刺には『組織犯罪対策第四課』と書かれてある。通称『ソタイ』の四課は、暴力団の犯罪を取り扱う部署だ。何か知っているかもしれない。

だが、携帯電話を取り出したところで手が止まる。巽円香はあまりに危険な相手だ。だからこそ、あれから会わないようにしていた。実をいうと、巽円香と会った事は華輪にも内緒にしてある。言えば怒られるのは目に見えているからだ。

油断して接すれば、飲みこまれるのはこちらのほうだ。

頭の中で『GO』と『STOP』がせめぎあい、携帯を持つ手がどちらかに傾くたびに、触ったり離したりを繰り返す。

だが、結局、御堂は携帯のボタンを押した。

——今回だけは、失敗するわけにはいかない。

その覚悟と、そしてやはり『自分が変わってしまったのかもしれない』という焦りもあった。

4

巽円香は、御堂が少し話したい事があると言うと二つ返事で、承諾してくれた。

御堂は、一度車を駐車場に戻すと、電車を乗り継ぎ指定された四谷(よつや)の居酒屋へとやって来た。

「あのな、お前本当にやめておけって」

東馬が、そう言って両手を広げ立ちはだかる。こちらの意図に気づいたらしい。どうやら無視をしていた事はもう忘れたようだ。それほどまでに巽と会うのが嫌なのか。おそらく、仲良くなる事で東馬殺しのチャンスが増える事を危惧しているのだろう。

御堂は、もちろん東馬を無視して、そのまま透ける体を通り抜け暖簾(のれん)をくぐる。

居酒屋では、すでに巽円香が待っていた。

「おー、御堂君、こっちこっち」

と笑顔で手を振ってくる。おそらくこの居酒屋にいる人の中で、巽が刑事だと見抜ける者は誰もいないのではないだろうか。それほど、穏やかな雰囲気を醸し出している。

御堂は、小さく頭を下げて、巽円香がいるテーブルにつく。

「お久しぶりです、円香さん」

「何飲む？　ビール？」

「いえ、お酒は飲めないので」

御堂は、そう断って店員に炭酸水を頼む。

「で、今日は、どうしたの？　あいつの状態が知りたいの？」

『あいつ』とは東馬の事だ。巽円香は、以前捜査一課におりとある事件で顔見知りになったらしい。今回は別件だが、話のとっかかりとして探りを入れておく。

「……どうなんですか？」

東馬も今自分の体がどんな状態か知りたいらしい。先程まで会うのを止めていたのが嘘のように、じっと巽円香の言葉を待っている。

「まぁ、正直言うと、あんまりよくないわね。移植の臓器も見つかっていないし……」

御堂からすれば、そのまま死ぬ事を願ってやまないのだが、ここでは心配そうな顔を作っておく。

　巽円香のほうは、日々東馬の容態と向きあっているからか、割とあっけらかんとしている。レモンサワーをぐいぐいと流しこむと、御堂にこう尋ねてくる。

「御堂君は、やっぱり心配？」

「それは、もちろん……」

「でもさ――御堂君、あいつと知り合いじゃないでしょ」

　御堂は、驚き目を丸くさせる。巽円香のほうは、全く表情が変わっていなかった。ニコニコと笑ったままだ。

「ほら、この前クイズ番組のオーディションで出会ったって言っていたでしょ。わたし、調べたんだよオーディションを受けた子どものリストを全部。芸名も含めてね。――なかったよ、御堂禅なんて名前」

　やはり巽円香という刑事は、只者ではなかったようだ。何気ない会話で普通はそこまで調べたりはしないだろう。

　東馬が呟く。

「ほらな。こうなると思ってたんだよ。どうするんだよ、お前、疑われちゃってんじゃないかよ」

だが、御堂はさほど動じなかった。ここに来るまでに、いくつかのパターンを想定していた。その中では悪い部類に入るが、最悪というわけでもない。先程の驚いた表情も、実は演技だ。用意していた言い訳を述べる。

「すいません……。実は僕、フリーのライターなんです。病院で初めて会ったときは、スクープ狙いでした」

自らの童顔と照らし合わせてその結論に至った。これまでの依頼で、何人かフリーライターを見てきたが、腕がいい人ほどそれらしい顔をしておらず、相手の懐に入るために変装ともとれる若作りをしている人間も多かった。刑事であれば、記者と接する事も多く、その事を知っているはずだ。

巽円香は、笑顔を崩さず「やっぱりね」と頷く。

本当にそのまま受けいれてくれたのかは怪しいが、御堂はそのまま嘘の演技を続ける。

「それにしても、さすが刑事さんですね。あっさり、僕の嘘を見抜くなんて」

「当たり前でしょ。あいつの事を心配している奴なんて、この世にただの一人もいるわけないんだもん」

「いるよ！」とすかさず東馬が突っ込むが、その言葉は誰の胸にも収まる事なく、居酒屋の空気に溶けこみ消えていく。

巽円香は、レモンサワーを飲み干すと、ジョッキを力強くテーブルに置く。どんと大きな音が鳴る。

「で、ライターの御堂禅君がわたしに会いに来た本当の目的は何？」

いまだ穏やかな笑みを浮かべたままだが、声が少し鋭さを増していた。

——ここは、単刀直入に尋ねるべきだろう。

「今、小田原組長の事件を取材しているんです。それについて、何か教えて貰えればと思って……」

「ふーん」と巽円香は枝豆をつまむ。「それってもちろん、わたしにも見返りがあるんだよね」

——何かこちらにも有益な情報をよこせという事だろう。

「では、先程の東馬京さんの事件について一つお話しします」

巽円香は、一気に顔を明るくさせる。「何々？」と、テーブルに両肘をつきながら前のめりになる。

東馬もピクリと反応したのを御堂は頭のあたりで感じた。

「僕から話すんですか……」

「当たり前でしょ」

――仕方がない。主導権は向こうにある。

「東馬京さんを襲ったのは、シルバーチップと呼ばれる殺し屋です」

巽円香は、そこではじめて不満そうに口をすぼめた。

「それは、知っているよ。裏社会に精通している人だったら、みんな知っているわよそれ。そこら中で噂になっているから」

――だから言ったのだが……。

「シルバーチップがどんな人か知らないの？」

すかさず東馬が言う。「目の前にいるのがそうだ」

だが、御堂は首を振る。「それは、さすがに……」

仕事の付き合いで、御堂がシルバーチップである事を知っている人間は何人かいるが、誰一人としてそれをばらす人間はいない。言えばこちらもただでは済まさないと、皆知っているからだ。だからシルバーチップの情報は、裏社会でもタブーとなっている。それを、一フリーライターが知っているのは、不自然だ。

「じゃあ、シルバーチップに依頼した人は？」

その問いには、東馬も食いついた。だが、それにも御堂は首を振った。これに関しては実際に知らないので答えようがない。まぁ、知っていたとしても言うつもりはないが……。

巽円香はため息を吐く。

「なーんだ。何も知らないじゃん」

たしかにこれでは、交換条件を満たしていない。だが、それでも御堂は食い下がる。

「もし、何か分かったら、真っ先に円香さんにお伝えしますから」と頭を下げた。

巽円香は、じっと御堂の顔を覗きこむと、「うーん御堂君、可愛い顔しているし、どうしよっかな」と微笑む。

そして、こう続けた。

「じゃあさ、ちょっと調べてくれない？」

どうやら、これが真の狙いだったようだ。巽円香の目が一段と輝いた。

御堂が警戒しながらも、「何をですか？」と尋ねると準備していた紙をテーブルの上に載せた。

「これはね、あいつが襲われる直前に引き受けていた依頼よ」

東馬の顔が近づき、「おう、よく調べたな」と漏らす。

たしかに紙に書かれてある情報は、調査の過程で御堂が知ったものと一致する。

全部で三つある。紙には事細かく書かれているが、簡単にいえばこんな感じだ。

一、行方不明となっている二十代女性の捜索。
二、最近になって冤罪が証明された十五年前の事件の真相
三、強盗団に盗まれた金塊の捜索。(なお強盗団は、逃走中に交通事故ですでに死んでいる)

これまで思い至らなかったが、たしかに東馬殺しを華輪に依頼してきた人物が、この三つのどれかの関係者である可能性は大きい。東馬に暴かれたくない事があり、依頼したのかもしれないからだ。


「分かりました」と言って御堂は紙を受け取る。

と、いきなりその腕が巽円香に捕まれる。

「それと、もう一つ——」

「あいつが遺言のようなものを残していないか調べてくれない」

「遺言ですか……」

紙を見ていた東馬の顔が、素早く上がり、巽円香を睨みつけた。

「そんなものあるはずないだろ」

だがその声が届かない巽円香は、続ける。

「ほら、ニュースで知っていると思うけど、あいつのお母さん、あいつと似ていて、偏屈でね。移植して欲しいんだったら金をよこせってうるさいのよ。でもさ、そんな事したら人身売買と変わらないでしょ。だから、あいつが遺書か何かを残していればなって……」

東馬はまたしても「だからねぇよ」とすかさず突っ込む。

——どうやら本当になさそうだ。

だが、ここは「分かりました。調べてみます」と頷く。

と、巽円香が手をパチンと叩いて仕切りなおす。

「で、何が知りたいの？」

——巽円香の調子に飲まれかけていたが、ここからが本題だ。もう変な小細工はやめて、直球でいってみよう。

「小田原組長を襲ったのは、宗倉勇吾ですよね。彼が、今どこにいるかもう警察は摑んでいるんですか？」

こちらとしては『賭け』ともいうべき覚悟で言ったのだが、巽円香はあっさりと答えてくれる。

「分かっていないよ。もう、海外とかに逃げたんじゃない？」

嘘は吐いていないように見えるが、真意は分からない。

「では、どうして小田原組長が狙われたんですか？　宗倉勇吾は、組員ですよね」

御堂は、その質問を自ら口にしながら、少し緊張していた。東馬が言ったように、もし本当に小田原が御堂になんらかの隠し事をしているのだとしたら……。

「うーん、どうだろうね。それもよく分かっていない。ただ最近、あそこの組で悪い噂が広まっていたんだよね」

――『悪い噂』。たしか、小田原も同じ事を言っていた。

「『悪い噂』とは……」

「――人身売買」

巽円香は、またしてもあっけらかんと答えてくれたが、御堂は密かに動揺していた。

小田原率いる喝八一家は、初代組長の頃から祭りの出店で稼ぐいわゆる『的屋（てきや）』集団で、他の組に比べると反社会的な行動は比較的少ない。小田原の代になっても一般人に迷惑をかける行為はご法度（はっと）にしてきたはずだ。特に、クスリにはうるさく、一度他の組員が未成年にクスリを売りつけたことを知ったときは、抗争寸前までいった事もある。

　――その小田原が、人身売買？

「……ほ、本当ですか？」

　まだ気が動転しているのか、上手く言葉が出てこず、声が震える。

「噂よ、噂。もしかすると、他の組が流したデマかもしれない。わたしも、あそこの組長とは何度か会った事があるけれど、そんな事しそうには見えなかったからね。

――でも、真偽はともかく、警察の耳に入ってくるくらいには、広まっていたんじゃないかな。実際に、『ソタイ』以外のどこかが動いたっていう話も聞いたし」

　と、そこまで言って巽円香は、自らの口にチャックをする仕草をして、「いけないいけない、喋りすぎたわ」と芝居じみた仕草をする。

　おそらく駆け引きの一つだったのだろうが、御堂はそれに反応する事ができなかった。頭の中をいまだ『人身売買』という言葉が搔き乱し続けていた。

　と、頭の上にいた東馬がぼそりと呟いた。

「……『ソタイ』以外のどこか」

5

御堂は、自宅に戻ると、玄関のところで大きく息を吐き出した。

日々心身を鍛(きた)えてはいるが、さすがに今日はきつかった。一日ターゲットを捜しまわっただけでなく、女性刑事と心理戦までおこない、その結果、自分が信頼していた男の悪い噂を聞いたのだ。

シャワーを浴びて寝ようと思ったが、またしても東馬が立ちはだかった。

「おい、あれを拾え」

そう言って指したのは、床に転がったままにしてあった電子辞書だった。

御堂は、疲れもあって、苛立ちが増す。

「何が言いたいんですか。自分が言っていた事が正しいから、拾って謝れと？」

「そうじゃねぇ。多分、あれを調べたら……宗倉勇吾の居場所が分かる」

「何を」と咄嗟に口をついて言いかけたが、東馬の目が真剣そのものだったので言葉に詰まる。

御堂は、ゆっくりと電子辞書を拾う。分解し壁に投げつけたが、まだ壊れてはいなかった。電源を入れる前に、まずは盗聴器を外そうとする。

が、「その必要はない」と東馬が言う。「それは、近くにいないと傍受できないものだ。そして、傍受している者は近くにいない」

「……どうして、あなたにそれが分かるんですか？」

「今は、説明できない。——だが、俺を信じろ」

東馬に、いつもの人を小馬鹿にした態度は一切見られなかった。御堂からすれば、それはそれでなかなか腹立たしいのだが、とりあえず従う事にする。これで、何もなかったらそのときは——。

電子辞書の電源を入れる。

「つけましたよ」

「たしか、ワープロのような機能があっただろ」

モニターに、いくつかのアイコンが表示されており、その中に『メモ帳』とある。おそらく、これだろう。

御堂は、『メモ帳』を開く。「で？」

「『あ』から順に打っていってくれ。一つ打ったら、その文字を消すのを忘れずにな」

とりあえず言われた通りにしていく。

と、『せ』と打ちこんだところで、驚くべき事が起こった。それまで、何も変化はなかったのだが、『せ』にだけは予測変換の機能が働き、文字が現れたのだ。しかもそれは、単語ではなくどこかの住所を指し示していた。

『世田谷区松原××―××―××』

「まさか、ここに……」

「あぁ、いるはずだ」

宗倉が、このメモ機能に住所を打ちこんでから消したという事か。――どうして？

ともかく、本当にここにいるのならば……。

御堂は、戻ったばかりの自宅を勢いよく飛び出す。疲れはどこかに吹き飛んでいた。

6

電子辞書に残されていたアドレスにあったのは、七階建ての古い雑居ビルのような建物だった。入口の看板だけ新しく、『松原撮影スタジオ』と書かれてある。

――本当に、ここに宗倉勇吾がいるのだろうか？

ちらりと背後の東馬を見ると、自信満々に一つ頷く。

「間違いない」

どうしてそれが東馬に分かるのかも気になるところだが、御堂には、もう一つ引っかかる事があった。

「……どうして、ここにきて協力的になったんですか？」

「はっ？」と東馬は顔をしかめる。「――相棒を助けるのは、当たり前の事だろう」

やはりおかしい、つい先程までこちらにそっぽを向いていたのに。御堂は眼鏡のブリッジを上げながら、抑揚のない声でいう。

「何を企んでいるんですか？」

「人の話を聞いていたのかよ。お前の心にはどんな言葉も響かないのかよ。お前は宇宙空間か。今日から、ミスター宇宙と呼んでやる」

「ご自由にどうぞ」と、御堂は、ビルの入口へと向かう。

まぁいい。ともかく、今は宗倉がここにいるのかどうかたしかめるのが先決だ。

入口の扉の前に立つと、一度大きく息を吐き出しジャケットの胸ポケットに入れていた銀のシガーケースを取り出す。中に入っている潰れた弾、シルバーチップを見つめる。――スイッチを入れる。

ここから先は、命のやり取りだ。

シガーケースを仕舞い、代わりにサイレンサーが内蔵された拳銃を取り出す。さらに、ポケットに入れてある折り畳みナイフがすぐに取り出せる状態である事をたしかめる。

——よし。

御堂は、覚悟を決め、扉に手をかける。ガチャリと音が鳴る。鍵はかかっていないようだ。もう一度、外観を改めて見るが、明かりがついている部屋は一つも確認できない。誰かが使用しているわけではない。——だが、おそらく誰かがいる。

慎重に中へと足を踏み入れる。

松原撮影スタジオは、あらかじめセットが組み上げられたいわゆる『ハウススタジオ』になっていた。階ごとに、コンセプトが定められ、一階は裁判所になっている。

御堂は、一つ一つの小部屋まで丁寧に調べていく。

二階、三階と調べたが、宗倉勇吾の姿はない。だが、階段を上り、四階へと上がったところで、ミシリと物音が聞こえる。

思わず東馬と顔を見あわせると、東馬も音が鳴ったほうを見つめていた。

——やはり誰かいる。

御堂は、意識的に銃のグリップを握りなおし、扉を開く。

四階は、オフィスとなっていた。セットとはいえ、なかなかしっかりと作りこまれている。並んでいるデスクの上には筆記用具や書類といった小物が乱雑に置かれているし、脇には観葉植物やウォーターサーバーまであり、壁にかけられた大きなホワイトボードには、架空の営業目標がグラフとなって書きこまれている。奥には仕切られた小部屋が四つほど見える。おそらく、会議室や社長室になっているのだろう。そのうちの一つが開かれていた。

御堂は、気配を消しながら、小部屋へと近づく。会議室だ。長机と椅子が並べられていた。そっと扉から顔を覗かせると、長机に座り窓の外を眺める男の背中が見えた。虎の刺繍が背中に入ったブルゾン、いわゆるスカジャンを着ていた。

顔は確認できないが間違いない。

――宗倉勇吾だった。机の上にリボルバーが無造作に置かれている。

宗倉は、いまだ無防備に背を向けたままで、御堂に気づく様子はない。

小田原の言葉が頭をよぎる。

『――苦しまないようにしてやってくれ』

こちらに、気づいていない今なら――。御堂は、背後から銃を構え、宗倉の後頭部に銃口を向ける。

と、御堂の真上に浮かんでいた東馬が突然叫ぶ。

「おい！」

これまでと同じように、宗倉を殺すの止めようとしているのだろう。御堂は、微動だにせず、そのまま引き金にかけた指に力をこめる。

だがその瞬間、背後で微かに布が擦れるような音が聞こえる。それと当時に、東馬が再び叫んだ。「後ろだ！」

御堂は、瞬時に振り返る。真っ黒のレインコートにガスマスクをつけた男が、大きなサバイバルナイフを振ろうとしていた。

御堂は、咄嗟に上半身をのけ反らしてそれを避けたが、ナイフの刃先が眼鏡のつるにかかり外れ、床を転げる。その音で、宗倉も気づいた。慌てて、机から腰を上げると、置いていたリボルバーを手に取り、構える。

さらに、ガスマスクの男も動いた。ポケットに手を入れると、小さな霧吹きのような物を取り出し、御堂の顔に吹きかける。

宗倉に気をとられていた御堂は、反応が遅れた。もろにそれを浴びると、目に激痛が走る。完全に視界が閉ざされる。

だが、直前までガスマスクの男がいた場所は記憶している。迷いなく拳銃の引き金を引く。

サイレンサーのプスンプスンという音と、男の「くっ」という声が同時に聞こえる。

御堂は、声の方向に素早く前蹴りを放つ。しっかりと当たった感触があった。

さらに背後から銃声が聞こえる。リボルバーの銃声。撃ったのは宗倉だろう。

御堂ではなくガスマスクの男に向けて撃ったらしい。

ガスマスクの男がいったん退散する足音が聞こえる。

宗倉が背後から肩に手をかけてくる。

「――大丈夫か？　あんたなんだろう？」

――『あんたなんだろう』？

御堂を誰かと勘違いしている、そんな口ぶりだった。宗倉がどうしてそんな事を言ったのか分からなかったが、油断しているのは間違いないようだった。

御堂は、即座に頭の中で、自分と宗倉の位置関係を俯瞰（ふかん）で思い描き、シミュレーションする。肩にかけてある宗倉の手を左手で摑み、関節を極（き）めながら前に引きずり出し、宗倉の後頭部を撃つ。

――殺（や）れる。

が、動こうとした瞬間、東馬が口を挟んでくる。

「禅、頷いておけ。一時的に協力しておかないと、さっきの野郎に殺されるぞ」

東馬の声はいつもより一段階低く、落ち着いたものだった。
――余計なお世話だ。
御堂は無視し、シミュレーション通り、宗倉の手を摑み前へ引きずり出す。
宗倉が叫ぶ。「おい、何しやがんだよ！」
さらに東馬も叫んだ。「やめろ！」
――もう遅い。これまでとは違う。手を止める理由がない。
御堂は、引き金を引こうとする。
と、同時に宗倉の頭が跳ね上がり、御堂が持っていた銃に当たる。
御堂はその衝撃で銃を手放してしまう。銃が床を転げる音がする。
「いってぇ」
と宗倉が声を漏らす。
――外した？　なぜだ？　こちらの動きを予測したわけじゃないだろう。
摑んでいた宗倉の腕から狼狽しているのが伝わってくる。
と、東馬が言った。「煙だ。煙が充満しはじめている」
ガスマスクの男の仕業か。それに気づいた宗倉が、頭を動かしたという事か。と、
宗倉の力がふっと抜けなんの抵抗も示さなくなる。

御堂は、即座に摑んでいた宗倉の腕から脈を測る。死んではいない、意識を失っただけだ。煙の成分は、『睡眠ガス』に近い物なのかもしれない。

東馬の声が耳元で聞こえる。

「お前は、大丈夫なのか？」

御堂は、修業時代に毒に耐える訓練をおこなっていたので、ある程度耐性があり呼吸法を変えるだけで、意識を失わずに済んだ。ただ、それを今説明している余裕はない。

黙っていると、さらに東馬が切迫した声で言う。

「おい、逃げないと、さっきの奴がそろそろ戻って来るぞ。ガスマスクつけていたし。入って来た扉以外にもう一つあるから、そこから逃げるぞ。俺が、指示するから早くしろ」

東馬の言う事など聞きたくはないが一理ある。御堂は、視界を失う前に見たこの部屋の間取りを思い出す。

出口は三つ。御堂が入って来た扉と、その反対側にもう一つ、それと窓だ。まず、ここは四階だから窓は論外だろう。目が見えない状態で飛び降りるのは、危険すぎる。

御堂が入って来た扉もダメだ。最後に聞こえたガスマスクの足音は、あの扉の方角に向かって行った。待ち構えられている可能性が高い。となると、もう一つの扉か。

東馬に尋ねる。

「もう一つの扉の向こうは、どうなっているんですか？」

「ちょっと、待ってろ」

そう言って東馬の気配が消える。おそらく、透ける体を利用して向こう側まで見に行ったのだろう。さて、どこへ逃げるにしても大きな問題が一つ。

――宗倉をどうするか、だ。

銃を落としてしまったのは大きい。御堂が今持っているのは、折り畳みナイフ一つ。小田原が出した『苦しまないようにしてやってくれ』という条件を満たすには、一撃で仕留めなくてはいけないのだが、目が見えない状態では、なかなか難しい。

だが、置き去りにする事もできない。ガスマスクの男が何者でどんな目的を持っているのか分からないからだ。もし目的が、御堂と同じ『宗倉殺し』ならば、わざわざ毒ガスではなく催眠ガスを撒くあたり、ターゲットをいたぶるタイプのサディストかもしれない。殺し屋には一定数そういう人間がいる。

と、東馬が戻って来る気配がする。

「向こう側は、社長室みたいになっていた。ダメだ、行き止まりだ」

と、なれば……。御堂は、もう一度この部屋を正確に頭の中で再現する。

そして、即座に東馬に尋ねる。

「窓がある位置を教えてください」

「おい、どうするつもりだよ？」

「早く」

——あそこに、あれがあった。あれを使う事ができれば。

7

カツカツカツ、とガスマスクの男の足音が聞こえる。ガスを撒いてから、相当時間が経っていた。おそらく、逃げ場がない事を分かっていたのだろう。

だが、その慎重さがあだとなった。こちらが細工をする時間を十分に与えすぎたのだ。御堂は、息を殺して、ガスマスクの男が立ち去るのを待つ。隣にいる宗倉は眠ったままなので、なるべく呼吸音がしないよう口のあたりに手を添えている。

ガスマスクの男は、開いた窓のあたりで足を止める。おそらく、飛び降りたかどうかをたしかめているのだろう。窓を開いたのは、換気が第一であったが、少しでも惑わせたかったからだ。

　ガスマスクの男は、うろうろと会議室を回る。御堂と宗倉がどこに消えたのか、狼狽えている様子が足音から伝わる。ガスマスクの男は、結局御堂たちを見つける事ができず再び部屋を去って行く。

　しばらくして、東馬の気配がする。

「あいつ、別の階を調べに行ったぞ」

　東馬には、ガスマスクの男の動向を調べて貰っていた。御堂は、緊張を解き大きく息を吐き出す。頭に少し痛みが走った。睡眠ガスの影響かもしれない。

　東馬が少し呆れ気味に漏らす。

「それにしても、お前化け物かよ」

　たしかに通常の人間では、ここに隠れる事は不可能だっただろう。

　御堂が身を潜めるのに選んだ場所は——天井裏だった。

　御堂は、この部屋に入ったときに、天井に正方形の切り込みがあったのを確認していた。天井裏に配線を通すときなどに用いる点検口だ。

　窓を開いた後机の上に椅子を置き、点検口を開くと宗倉を肩で担ぎ天井裏へと押し上げ、さらに机の上に上げた椅子を降ろし、自分は机の上から直接飛び上がって天井裏へと忍びこんだのだ。

　御堂の類稀な身体能力があったからこそできたのだが、正直なところ視界を失っているこの状況では成功確率は半々だった。認めたくはないが、東馬の正確な指示がなければ失敗しただろう。

　——本当に認めたくはないが。

　御堂は、さらに手探りである物を探した。天井裏に隠れたのは、もう一つ確認したい物があったからだ。だが、いくら探してもそれは見つからなかった。

　どうやらこちらのほうは当てが外れたらしい。おそらく、ここがハウススタジオだからだろう。

　——あれは、セットの一部だったのか。

「で、ここからどうするんだよ？」

　と、東馬が尋ねてくる。

　御堂は、宗倉の口のあたりに手を当ててまだ眠っている事を確認すると、携帯電話をポケットから取り出す。

「華輪さんに、一度電話します。操作を誘導して貰えませんか？」

「仕方ねぇな」

と、東馬もまんざらではない声を出す。頼られて嬉しいのだろうか。東馬と協力するのは、本当に気が進まないが、今は仕方がない。御堂は、何も言わない事にした。

東馬の指示で、ディスプレイにタッチしていくと、呼び出し音が鳴る。

だが五回鳴ったところで御堂は、側面の電源ボタンを押し電話を切る。

怒りをこめた低い声で東馬に言う。

「……どこにかけたんですか？」

華輪は、どんなときでも呼び出し音五回以内には出る。つまり、華輪以外に電話をかけたという事だ。

「なんだよ、怒んなよ。ちょっと円香にたしかめたい事があったんだよ」

――巽円香か。

東馬の声はあっけらかんとしており、まるで悪びれた様子はなかった。

「時間がないんです。僕が殺されれば、あなたも自動的に死ぬんですよ」

「だから謝っているだろうが。次はちゃんとやるって」

まだ、言い足りなかったが、自ら言ったように今は時間が惜しかった。もし、次も別の場所へかけたら、電話を壊して別の手を探すしかない。

だが、次は二度目の呼び出し音で、声が聞こえた。

『はい、もしもし』

声は、間違いなく華輪だ。

「礼ならいいぞ」と東馬が恩着せがましい事を言ってくるが、今は無視だ。御堂は、状況をかいつまんで説明する。ガスマスクの男の特徴を話すと、華輪はこう断言する。

『それは、黒十字（くろじゅうじ）ね』

御堂も聞いた事のある名前だった。薬物を使わせたら右に出る者はいないと言われている超一流の殺し屋だ。だが、たしか……。

「黒十字って、死んだんじゃなかったんですか？」

『噂ではね。けれど、こうして禅君の目の前に現れたって事は、ただ仕事を休んでいただけのようね』

御堂は、少し腑（ふ）に落ちなかった。たしかに手口から考えると黒十字で間違いないと思うのだが、噂では、確実性を追求する男だったはずだ。どうして、毒ガスではなく睡眠ガスを用いたのだろう。それも、かなり毒性を弱められていたはずだ。そうでなければ、いくら耐性のある御堂でも頭痛程度で済むはずがない。

『まぁ、誰であるとしても、かなり危険な状況である事は間違いないわね。いつかはそこもばれるでしょうし、もしかすると今度は、一段階強い睡眠ガスを建物全体に充満させるかもしれない』

たしかにその可能性は十分にある。

『ねぇ、禅君。隣に探偵さんもいるんでしょ』

「えぇ」

『探偵さん聞いている？　もし、禅君が眠っちゃったら、この前教えてあげたルールを使うのよ』

「おっ、おい、今それを言うなよ」と東馬が気まずそうな声を出す。

「ちょっと待ってください」

と御堂は慌てて口を挟む。虫に這われているかのように背中がぞわぞわとする。

──眠ったら？　ルール？

「かっ、華輪さん……もしかして……」と思わず声が上ずる。

『あっ、禅君も分かっちゃった？　まぁ、そういう事なの。とり憑かれている人が意識を失っている間に、生霊がその人の体に入れば自由に操る事ができるのよ』

頬が無意識にピクピクと動く。想像しただけで、体が拒否反応を示していた。

『あぁ、でも安心して。ずっとじゃないから。せいぜい五分程度よ。長く入っていると、魂が体に吸収されて消えてしまうのよ』

「何をどう安心すればいいんですか」

『まぁ、最終手段として、頭の片隅に入れておいて。どちらにしても禅君、それに探偵さん――あなたたちは協力しないと、その状況を絶対に切り抜けられない。それを肝に銘じておきなさい』

御堂は、電話を切り、ごくりと唾を一つ飲む。

――絶対に意識を失うわけにはいかない。

と固く決意をする。そして不愉快な想像を振り払うために意識的に頭を働かせる。

――この状況を切り抜けるためには、まずは宗倉をどうするか考えなければ……。

選択肢は二つある。一つ目は、ポケットから折り畳みナイフを取り出し、宗倉勇吾の頸動脈（けいどうみゃく）を手探りで見つけて殺す。先程と違い、今はそれができる状況だ。二つ目は、宗倉勇吾を起こし、一時的に協力関係を築く。こちらは、先程御堂が銃を撃とうとした事もあり、上手くいくかは分からない。

「――殺すなよ」

御堂が何を考えているのか悟ったのだろう、東馬がはっきりとそう言った。さらに、こう続ける。

「さっき、華輪も言っていただろう。協力しなくては、この場を切り抜けられないって。俺とお前だけでは、不十分だ。こいつの手を借りるんだ」

「協力してくれるとは限らないでしょ」

「俺ならこいつを上手く、丸め込める」

「いや、それは無理でしょ」――東馬の声は、宗倉には聞こえない。

「まぁ……それは、俺だってちょっと恥ずかしいけどよ。でも、仕方ねぇだろ。やるだけやってみようぜ、なっ」

どうやら東馬は、また華輪の話を蒸し返しているらしい。

「はっきり言っておきますけど、あなたに体を貸すくらいなら死んだほうがましです」

そう言って御堂は、ポケットから折り畳みナイフを取り出そうとする。

――やはり、宗倉勇吾を先に殺しておくしかないか……。

「死んだら、終わりだぜ」

東馬の声は少し硬くなっていた。それに、少し怒りの感情も含まれていた。

「なぁ、人を殺すっていうのは簡単な事じゃないだろ」

「何を今さら――」

「まぁ、聞けよ。俺はよ、お前に他人の命を大切にしろとか、そんな今更な話をしたいんじゃないいんだ。逆だよ。お前の事だよ。俺は、これまでいくつもの殺人事件を見てきたから分かる。人を殺すってのは、精神的にも肉体的にも大変な事だって言いたいんだよ。——それにな、今朝……」

と東馬は口籠る。

——今朝？

御堂の頭に不吉な想像が膨らむ。

——ルールの内容を東馬が知ったのは、随分前、榎田の一件のときのはずだ。

——そして、意識を失うという事は、日常の睡眠も含まれる。

——いや、違う。そんなはずは……。

——でも、今日の朝……目覚めたとき…………体が五センチ動いていた。

御堂は、声を震わせながら東馬に尋ねる。

「ち、違いますよね。今日の朝、僕の体に、入ったりなんか、してないですよね」

「まっ、まぁ、あれはなんというかだな」

となぜか東馬は照れ臭そうな声を出す。

「はっ、はい？」と御堂は事実を上手く受けいれる事ができず、頭も働かない。

「いや、だからよ。ムカついてて、ちょっと悪戯してやろうと思って入ったんだよ。でも、勘違いすんなよ。あれが初めてだったんだからな」

東馬の声は、完全に開き直っていた。

体がぶるぶると震えだす。まさしくこれは怪談だ。

「僕はもう眠る事ができないという事ですか……」

「いや、落ち着けよ」と東馬の声がより近くで聞こえる。弁解するために移動して来たのだろう。

「あんな事、何度もできねぇよ。さっき華輪が言っていただろ。魂が体に吸収されるって。本当にそうだったんだ。徐々に俺の存在が消えてなくなってしまうような、そんな感覚だったんだ。それによ……」

と、東馬は少し辛そうな声になる。

「痛かったんだよ」

——痛かった？

「体に刻まれた経験は残っていたんだよ。お前の体に入ってすぐに痛みを感じた。右肩と左の脇腹と背中……」

それは全て、御堂がこれまでの仕事で負った古傷だった。

「他にも体のいたるところが痛んだよ。俺には耐えきれなかった。お前、ずっとあの痛みを抱えて生きてきたのか」

と、そのとき、「んっ」と宗倉が声を漏らす。どうやら、起きてしまったらしい。

御堂は、思わず舌打ちをしそうになる。あまりの衝撃で、置かれている状況を忘れかけていた。

「なんだここは？」

と宗倉が不安そうに言う。御堂は視界を失っているので気づかなかったが天井裏にいるため真っ暗なのだろう。御堂は、手に持っていた折り畳みナイフをそっと仕舞い、声を潜めて宗倉に伝える。

「騒がないでください。先程のガスマスクの男が殺しに来ます」

「ガスマスク？　あんたは、一体誰なんだ？　くそ、なんか記憶が曖昧なんだよ」

どうやら、睡眠ガスのせいで一部の記憶が抜け落ちているようだ。頭を回転させる。

——ここは、共闘の線でいくしかない。宗倉は、先程御堂に対して『あんたなんだろう？』と言った。おそらく、あのとき誰かと間違えたのだ。それに賭けるしかない。

「僕は、あなたを助けに来たんです」

宗倉はその真偽を測るかのように間を空ける。御堂はじっと息を潜め宗倉の回答を待つ。いつでも折り畳みナイフを出せるように準備だけはしておく。

「……じゃあ、あんたはセラの仲間なのか？」

――セラ？

誰の事を言っているのか分からなかったが、御堂は話をあわせる事にする。

「えぇ」

「おう、そうか」と宗倉は少し興奮気味に声を大きくする。

御堂は頭の中で、これまでに得た情報と照らしあわせ、セラが何者か想像する。

――あの電子辞書を宗倉に渡した相手が、セラかもしれない。

と、東馬が背後から囁いてくる。

「こう言ってみろ。『僕は、セラさんに、ここに来てあなたを助けるようにとだけ言われていたんですが、セラさんは今どこにいるんですか？』って」

御堂は、頭の中で一度反芻してみるが、本当にそれを言っていいのかどうか判断がつかない。

沈黙していると、さらに東馬が言う。

「大丈夫だよ。俺を信用しろって」

先程、巽円香に電話をかけさせたくせにと言いたくなるが、今は迷っている暇はなさそうだった。そっくりそのまま宗倉にぶつけてみる。

すると、宗倉は声を一つ沈ませ、こう返してくる。

「あいつは……セラはもうこの世にいない」

「──どういう事でしょう？」

「俺の事は、セラから聞いているのか？」

「NOでいい」と東馬が言うので、「いえ」と御堂は答える。

「俺とセラは、喝八一家にいたんだ。俺のほうが入ったのが早いから兄貴分だったんだが、歳が同じだったからすぐに意気投合したよ。あいつは頭が良くて、ちょっと他とは違うっていうか、いつも冷静なところがあった。ちょっと、あんたと雰囲気が似ているかもな……。声からしてクールなんだ。喝八一家ってのは、仲間の絆が他よりもうんと強くてな、俺は親父に惚れていたし親父のためなら死ぬ覚悟はできていた。けど、あいつはいつもちょっと離れたところから組を見ていた。だから、あの噂が出たときも、あいつは疑っていたよ」

宗倉は、当時の事を思い出しているのか、話しながら徐々に感情的になっていく。

「組の幹部が、人身売買をしているって噂が出たんだ」

──巽円香の情報は、正しかったというわけだ。御堂は、言葉が続くのを待った。

「俺は、親父がそんな事するはずないって信じてなかったんだけどな。セラは、調べたいって言って、色々嗅ぎまわっていた。俺はやめろって止めたんだけどな。今、思えばもっとちゃんと止めておくべきだったよ……。結局、セラは、ある日を境に、消えちまったんだ。おそらく、噂は本当だったんだろう。消されたか、あいつ自身が売られちまったのか……。俺は、どうしても許せなかったんだ。だから——」

——小田原を撃ったのか。

「ここへは、どうして？」

「あいつが、ある日電子辞書をくれたんだ。もっと言葉を覚えたほうがいいって。何かあったとき、これがお前を助けてくれるって。そのときの言いかたが上手く言えないんだがちょっと変でな。あいつ、なんかすげぇ真剣だったんだ。

親父を撃った後、どうしたらいいか分からなくなって、頭がぐちゃぐちゃになっているときにそれを思い出して、で試しに『セラ』って打とうとしたら住所が出てきて、皿をも摑む気持ちでここにやって来たってわけだ」

皿ではなく藁なのだが、御堂はあえて訂正しなかった。たしかに、宗倉は電子辞書をもっと利用すべきなのかもしれない。

と、ずっと黙って聞いていた東馬が呟く。

「そりゃ、ただの勘違いだな」

御堂には、誰に対してそう言っているのか分からなかった。東馬は、さらにこう続ける。

「セラがいつ組に入ったのか聞いてみろよ。多分、人身売買の噂が出た後だぞ」

まるで、何もかもが分かっているかのような口ぶりだった。

宗倉がいなければ、色々と問い詰めるところなのだが、それができずもどかしい。

と、今度は宗倉が、ぼそりと呟く。

「――ん？　ちょっと待てよ」

何かに気づいたような声だった。

「どうしたんですか？」

宗倉は、しばらく考えこむような間をあけた後言う。

「……思い出したんだ。親父には、お抱えの殺し屋がいるって。たしか、シルバーチップって名前だった。もしかして、あのガスマスクの男が――。だとしたら、やべえ！」

宗倉は、そう言ったかと思うとどかどかと音を出して、御堂から遠ざかって行く。

天井裏は狭いので、おそらく四つん這いで進んでいるのだろう。

「ちょっと――」

御堂は、黒十字から身を潜めているため、大きな声も出せず止める事ができない。

宗倉の衝動的な行動の理由は分からないが、止めなければならない。

だが遅かった。突然、大きな音が鳴ったかと思うとその瞬間御堂は宙に浮いていた。

——天井が抜けたのだ。

8

「ちくしょう！」と叫ぶ宗倉の声と同時に、黒十字の足音が聞こえる。

御堂は、宗倉の声がしたほうへ壁伝いに歩いて行く。ついでに、ポケットから折り畳みナイフを取り出す。手さぐりで周囲を調べると机があった。会議室を抜け、オフィスに出たようだ。黒十字の足音も近づいている。

向こうもこちらに気づいたのだろう、足音がやむ。

御堂は、囁き声で東馬に尋ねる。

「——の場所は、どこですか？」

東馬が答える。

「左だ！」

だが、それと同時に宗倉が叫んだ。

「ガスマスクは、右にいるぞ！」

御堂は、聴覚を研ぎ澄まし、黒十字の足音をさぐる。——どこだ？

と、東馬がまた叫ぶ。

「俺を信じろ！」

——あなたの事は、信じてはいない。ただ、自分の勘を信じているだけだ。

御堂は、自分に言い聞かせるようにそう心で唱え、素早く左に駆ける。

と、同時に背後でひゅんと音が鳴り風を感じた。

黒十字が御堂の首筋めがけてナイフを振ったのだ。どうやら、右でも左でもなく、後ろに回りこんでいたようだ。おそらく黒十字のナイフには、毒が塗られている。少しでも飛び出すのが遅れていたらやられていた。

御堂は、そのまま左に向けて駆けると折り畳みナイフを振った。

ごぽん、と御堂が想像していた通りの感触があった。と同時に、御堂の顔に水が噴きかかる。

御堂が東馬に尋ねたのは、ウォーターサーバーの位置だったのだ。

ゆっくりと視界が戻っていく。

そもそも、御堂が天井裏へと上がったのは、視界がなくなる前に天井にスプリンクラーの出っ張りを確認していたからだ。だが天井裏には、スプリンクラーの配管は通っていなかった。あれはセットの小道具の一つで、この建物にはスプリンクラー自体が備えつけられていなかったのだ。

視界が戻り、ナイフを握るガスマスクの男、黒十字とこちらに銃を向ける宗倉がぼんやりと見えた。どうやら落ちていたリボルバーを取り戻したらしい。

宗倉が言う。「思い出したんだよ。あんたが俺を殺そうとしたのを。あんた、シルバーチップだろ」

どうやら、天井裏で記憶を全て取り戻していたらしい。急に暴れたのも、作戦だったというわけか。

「シルバーチップ？」

と、ガスマスクの下からくぐもった声が聞こえる。

「お前が噂のシルバーチップか。どおりで化け物じみているわけだ」

「あなたは、黒十字でしょ。死んだって噂を聞いていたんですけど」

「そっちは、ゴキブリよりも嫌われている探偵を殺し損ねたって噂になっているぞ」

「おい、誰がゴキブリだ！」とすかさず東馬が割って入ってくるが、もちろん御堂にしか聞こえない。御堂は、頭の中で、「たしかにしぶとさはゴキブリ並みだ」と呟く。

宗倉が黒十字に問う。

「なぁ、あんたは何者なんだ？」

「俺は、セラの使いだよ」

宗倉の顔が少し明るくなった。「本当か！」そして、瞬時に表情を険しく戻し、改めて御堂に銃口を向ける。「だったら、二人でこいつを仕留めちまおうぜ」

御堂は、顎を引いて背を少し丸め、呼吸を抑えながらナイフを力強く握る。

――ここまでくれば、もう余計な事は考えない。

頭から、殺意以外のものを追い払っていく。

宗倉と黒十字は、ほんの一瞬ではあるが、御堂から放たれた殺気に体をすくませる。

御堂は、その瞬間を見逃さなかった。距離が近かった黒十字を狙う。

折り畳みナイフを投げる。狙いは、黒十字の右手。見事に刺さり、黒十字は持っていた自らのナイフを落としてしまう。

と、ほぼ同時に、御堂の体は黒十字の目前まで移動していた。黒十字のナイフが地面に落ちる前にそれをキャッチし、柄の部分で黒十字のこめかみを叩く。

ガスマスクが砕ける。さらに、黒十字の右手に刺さった折り畳みナイフを引っこ抜き、黒十字の喉を――。

「禅！」

叫んだのは東馬だった。不覚にもその声で御堂は手を止めてしまう。だが、殺し屋のスイッチは入ったままだ。いつもの冷静さはない。唸（うな）るような声で東馬に言う。

「……邪魔をするな」

パンっと銃声が鳴る。撃ったのは、宗倉だった。頬にわずかな痛みが走る。少しかすったらしい。宗倉は明らかに怯（おび）えた表情を浮かべていた。

――黒十字はすでに無力化している。まずは、こいつから。

が、東馬が再び口を挟む。

「いいか、よく聞け。誰も死ななくていいんだ。これは、全部勘違いなんだよ」

……勘違い？　たしか東馬は天井裏でもそんな事を言っていた。

東馬は早口でまくし立ててくる。

「宗倉の兄弟分だった奴は――ナカノだよ」

いや、セラでしょとは言わなかった。御堂は、その名前に心当たりがある。

「……中野（なかの）の中野（なかの）」

「あぁ」と東馬が頷き、黒十字もその名に反応した。

「知っていたのか」と驚きの声をあげる。

それは、公安警察一の腕を持つ潜入捜査官の通り名だった。シルバーチップや黒十字と同じようなものだ。どうして、そう呼ばれるようになったのかは御堂も知らない。一説によれば、公安の前身組織が創設された場所が東京都の中野区で、本名も中野であった事から、そう呼ばれるようになったといわれているが、それもまた中野の中野による情報操作の一つだという者もおり、真実は誰にも分からない。

そういえば、と御堂は記憶を辿る。

巽円香がこう言っていた。喝八一家が人身売買に関わっているいう噂が広まったとき、『ソタイ』以外のどこかが動いた、と。

——あれは、公安の事を指していたのか。

東馬は、探偵としてこれまで警察組織と深く関わってきた。おそらく、あのときすぐにそれを連想する事ができたのだろう。公安の手口にもある程度詳しかったのかもしれない。だから、電子辞書のメッセージにも辿りつく事ができたのだ。

さらに東馬は、『勘違い』と言った。という事は……。

「——セラは生きている？」

御堂は、誰に言ったわけではなく、独り言のように呟いた。

だが、宗倉が大きく反応を示す。

「おい、今なんて言ったんだ？」

東馬も「あぁ」と頷く。

「セラは、人身売買の噂をたしかめるために喝八一家に潜入捜査をしていたんだ。だが、噂は、本当にただの噂だった。敵対している組の奴らが嫌がらせで流したんだろう。セラはある時点でそれを確信する事ができたから、仕事を終えて消えたんだ。今回の事は、ただそれだけの事だったんだよ」

一人事情が呑みこめず混乱している宗倉に、ずっと黙っていた黒十字が諦めたように説明する。

「たしかにセラは生きているよ。本当なら、煙のように消えて終わりなんだがな。今回は、宗倉さん、あんたを助けるためにこうして特別に後始末をしているんだよ」

「なんだよ、どういう事だよ！」

御堂も疑問をぶつける。

「あなたは、公安の専属になったんですか？」

黒十字は、あっさりと認めた。

「あぁ、そうだ。俺の専門は薬物だからな。公安にとって使いやすかったんだろう。ちょっと前にあいつらに捕まって、死ぬか従うかどっちか決めろって言われたから、あいつらに従う事にしたんだ」

「おい、待てよ、待てって！」宗倉は頭を掻きむしる。「公安ってなんだよ。まさか、セラが公安のスパイだっていうんじゃねぇよな」

「あぁ、そうだ」とそれに関しても黒十字は正直に認める。

「じゃあ、俺はあいつに……騙されたのか？」

「あぁ」

「ふざけんな！」と宗倉は激昂し、黒十字に銃口を向ける。

だが黒十字は、微動だにしない。

「聞けよ。勝手に暴走したのはあんただ。違うか？」

たしかに宗倉が勝手に思いこみ、小田原を撃ったのだ。セラは、ただ調査をしていただけだ。宗倉は今になって、自分が何をしたのか改めて自覚したようだった。はぁはぁと息を荒れさせ、目に涙を浮かべている。

　黒十字が続ける。

「けどな、あの人は、お前を見捨てたわけじゃない。あんたが暴走する事を見越して、逃げ道を残していた。だから、あんたは今ここにいるんだ。あの人と何度か仕事をした事があるが、これは本当に珍しい事なんだ。あの人は、国家のためならとことん非情になれる人だからな」

　宗倉は、「くそっ」といまだ頭の中が整理できないのか、銃を地面に投げつける。

　黒十字はさらに「なぁ」と御堂に目を向ける。「悪いが、手を引いてくれないか。こちらで、宗倉勇吾は死んだ事にする。それを、あんたの手柄にしていい」

「待てよ！」宗倉が叫ぶ。「勝手に、人の人生決めてんじゃねぇ！」

　黒十字が冷静に宗倉を諭す。

「あんたさ……あの人に、足を洗えって言われてたんだろ。こちらで、新しい戸籍を用意してやる。人生をやりなおすんだ」

「……そうじゃない。そうじゃないでしょ」

　御堂はそう呟いて、宗倉にゆっくりと近づいて行く。

「決めるのは、僕だ」

　宗倉は、脅えつつも虚勢を張ってくる。「なんだよ！」

「見ているんですよ」

　御堂は、つま先同士が引っつくほどの距離まで宗倉に近づき、じっと目を覗きこむ。

「あなたが殺すべき人間かどうか——見ているんです」

　宗倉は、恐怖で顔を引き攣らせていた。息が荒くなり、涙を流していた。顔が、死にたくないと言っていた。

御堂は、大きく息を吐き出すと踵を返し、入口に向かって歩きだす。

東馬はこんなときに限って何も言ってこない。まるで、こちらの考えを見透かしているように。それが御堂には腹立たしかったが、もはや殺意はとっくに失せていた。

無意識に思わず、呟く。


「――人を殺すのは、簡単じゃないな」


背後から宗倉が言う。

「親父に……親父に、言っておいてくれ。すいませんでしたって、本当に、すいませんでしたって！」

御堂は、育ての父親が辿った末路を思い出し、心底宗倉の事がうらやましいと思った。

9

翌日、あの松原撮影スタジオで宗倉勇吾の死体が発見されたという報道がなされた。

公安の情報操作だろう。別の死体を用意したのか、嘘の情報だけをマスコミに流したのかは定かではないが、ともかく上手くやったらしい。喝八一家ではなく、敵対組織の仕業だと思わせるようにまでしてくれていた。

その後、ニュースを見た小田原から礼の電話があった。御堂は宗倉の伝言については何も言わずにこう言った。

「ご期待に応える事はできませんでした。……彼は少し苦しんでいました」

小田原は「そうか」と答えたが、その声はどこか嬉しそうだった。

第四章

『人間は、なりたいものになれる』

取っ手に手をかけてしばらく経つが、なかなか開く事ができないでいた。

今回ばかりは東馬も似たような心境にあるのか、急かしたり悪態を吐いたりせずに、御堂が覚悟を決めるのをじっと待っている。

1

一時間ほど前、立て続けに御堂の携帯電話が二度鳴った。

最初にかけてきたのは、意外にも巽円香だった。

すぐに思い出したのは、前回の小田原の一件で東馬に騙されて巽円香に電話してしまった事だ。あの日から一週間が経とうとしていた。そういえば電話がかかっていたと思い出し、折り返してきたのだろうと想像した。

だが巽円香にはしっかりとした用件があった。こちらが電話に出ると、切迫した声でこう切り出してきた。

『もう長くないみたい』

それが東馬の容態を指しているのだと、御堂はすぐに気がついた。実は、ここ最近東馬の『透明化』が急速に進んでいた。どうやら、体がある程度透けきって最終段階に入ると、輪郭を失い真の消失へと向かうらしく、すでに足先からくるぶしのあたりまでほぼ見えなくなっていた。それは一般的な幽霊の姿といえなくもなかったが、やはり死期が近いという事なのだろう。

さらに巽円香は『もって後一週間だってお医者さんに言われたの』とつけ加えた。

東馬は、それを聞いて何もない空中をぼんやりと見つめていた。あるいは、以前テレビで見たデジタルパネルのカウントダウンを思い浮かべていたのかもしれない。

御堂は、前回会ったときに情報を得るためフリーライターだと嘘を吐き、さらに東馬を助けるための協力をすると申し出ていた。その事を巽円香に指摘され、『今がそのときよ』と貸しの請求を露骨にされる。よほど追いつめられているのか――。

『この際、法は無視していいから、臓器を探し出してきて』

とても刑事とは思えないような事まで言っていた。

御堂は「すぐに動きます」とまたしても全く思ってもいない事を言って、電話を切った。すぐに電話を捨て、巽円香からの連絡をとるのもこれっきりにするつもりだった。

と、その直後、間髪入れず、もう一度電話が鳴ったのだ。

相手は、華輪だった。

御堂は少しどきりとした。華輪からの電話はいつもの事であるのだが、あまりにタイミングが良すぎたので、巽円香の事を知られたのかと思ったのだ。華輪には、巽円香の事はいまだ話していなかった。

だが、それは本当にただの偶然であったらしい。電話に出ると、『新たな依頼よ』と言われた。

だが、それはそれで御堂を暗い気持ちにさせる。小田原の一件からまだ一週間しか経っていなかったからだ。いくらなんでもハイペースすぎる。さらに華輪の声が、いつもより明らかに硬かった事も、御堂に不吉な想像を抱かせた。

電話を切ると御堂も東馬も黙りこんだ。一件目の電話は東馬の心を、二件目の電話は御堂の心を、黒い霧で覆った。その黒い霧は、五里霧中とまではいわないが、部屋中に蔓延（まんえん）し頭の中を掻き乱していった。

結局、先に切り出したのは東馬だった。

「仕事の依頼を聞きに行くんだろ。早く行こうぜ」

それはあからさまな空元気であったのだが正しくはあったので、御堂は「はい」と短く賛同し、重い腰を上げた。

すると東馬が目の前に立ちはだかり、改まった顔でこちらを見つめこう言った。

「なぁ、禅。多分、俺にとってはこれが最後の依頼になる」

御堂は、だろうなと思ったが何も返さなかった。

御堂は、覚悟を決めて、『Water Lily』の扉を持つ手に力をこめて開く。

扉の上部に取りつけられた鈴が鳴り、カウンターにいる華輪が「いらっしゃい」と声をかけてくる。

御堂は華輪の顔を見て、つい先程振り払ったばかりの不安が再び押し寄せてくる。

華輪の眉間には少し皺が寄っており、いつになく真剣な表情になっていたからだ。そしてやはり声にもどこかしら張りつめたものがあった。

御堂がカウンターの椅子に座ると、華輪から早速依頼内容について話があった。それも異例の事だった。いつもなら、必ずまずは炭酸水が出てくる。

華輪は一度大きく息を吐き出すと、じっとテーブルに目を落としじっくりと間をあけた後こう言った。

「次のターゲットは——連続殺人犯よ」

先程まで沈みきっていた東馬がピクリと反応する。探偵の本能が血を騒がせたのかもしれない（血は通っていないが）。

御堂は、特に何も思わなかった。これまでにも何度か人を殺す事を生きがいとする、いわゆる殺人鬼を仕留めてきた。ああいった類の人間は、人を殺した経験を持っているというだけで、人を殺す能力が高いわけではない。さほど難しい相手ではないのだ。だが、拍子抜けし、警戒心を解いたわけではなかった。むしろ頭の中では警報が鳴りっぱなしの状態だった。

華輪が、ここまで改まっているという事は――まだ何かあるのだ。

御堂は、尋ねる。

「依頼者は？」

華輪は、御堂の目を見つめたまま何も答えなかった。

「おい、なんだよ。もったいぶってないで答えろよ」

と、東馬が言っても、華輪は無言のまま目を逸らそうとはしなかった。

御堂と華輪は、互いに嘘を吐かないと約束しあっている。つまり、それが答えなのだ。

依頼者は、言えない。――東馬のとき以来だ。

御堂は即座にそれを理解していたが、東馬がこれ以上喚かないようにあえて口に出した。

「言えないという事ですね」

華輪は、油を差していない機械のようにぎこちない動きで頷く。

それにしても今日の華輪の深刻さは異常だ。まだ何かあるのだろうか――。

華輪は、説明を続ける。

「ターゲットは若くて綺麗な女性ばかりを狙う最低野郎なの」

その発言にはこれまでになく感情が籠っていた。同性が狙われているのが許せないのかもしれない。

と、東馬が口を挟んでくる。

「おい、待てよ。連続っていうくらいなんだから、一人や二人じゃないんだろ。俺は毎日ニュースをチェックしているけど、そんな事件知らないぞ」

華輪は、東馬に視線を向けずに、御堂を見続けたまま答える。

「皆、行方不明になっているから世間ではまだ大きく騒がれてないけれど、三人ほど犠牲者が出ているはずよ」

御堂は、東馬にちらりと視線を向ける。東馬はそれを聞いて、顎鬚を擦り、何か考え事をしているようだった。

と、「あぁ、ごめんなさい」と華輪が言う。

何を謝ったのかと思ったら、飲み物を出していなかった事に対してのようだ。これもまた、華輪らしくないといえた。

華輪は、炭酸水をコップに入れると御堂の前に差し出し、さらにこう言った。

「今度の依頼はとても難しいから、気つけに今日は特別なやつを出しておいたわ。これは、隠されていた二つのうちの一つよ」

御堂は、思わず片眉を上げ、華輪の顔を見つめる。

——隠されていた二つのうちの一つ。

それは、榎田の一件の際、東馬に依頼を引き受けさせるために用いた隠語じみたメッセージだ。どうして今、それを言うのか分からなかった。あのときは、用意していたメモを東馬に見せていたが今はそんな仕草もない。東馬もまた、じっとしたままだった。

やはり、今日の華輪はおかしい。

御堂はとりあえず炭酸水を口に含む。すると華輪から依頼説明の続きがある。

「わたしたちだって、直接的にも間接的にも多くの命を奪ってきた。けれど、自分の快楽のために誰かを殺した事なんて一度もない。そうでしょ？」

連続殺人犯を非難しているのだろうが、どうも少し回りくどい言いかたに聞こえる。

だがもちろん異論はないので頷いておく。——誰かを殺して楽しいと思った事など一度もない。

「けれど、このターゲットは殺しを楽しんでいる。わたしはそれが許せない」

華輪は、そう言ってカウンターの上に置いていた両手を力強く握りしめた。そして、しばらくその手をじっと見続けた後、大きく息を吐き出し、一枚の写真を取り出して御堂の前に差し出した。

御堂はいよいよ本題がきたのだと密かに覚悟しながら写真に目を落とした。だが、そこに写っていたものは、自分の想像の範疇（はんちゅう）を超えていた。

次のターゲットは——女性だったのだ。

これこそ、華輪をここまで深刻にさせている理由だった。

「……これは、被害者というわけではないですよね」

華輪は、そこで初めて御堂から目を逸らした。

「ええ、違う……ターゲットよ」

——次のターゲットは女性。

華輪は、詳細が書かれた資料を御堂に手渡すと、再度念を押すように言った。

「いい禅君、ターゲットは連続殺人犯なの。それを忘れないで」

それは、言い訳じみて聞こえ、あまりに華輪らしくなかった。そして今更ながら、華輪から酒の匂いも香水の匂いもしない事に御堂は気がついた。

2

翌日は全て準備にあてた。明確な期限を華輪から言い渡されなかったので、いつも以上に時間をかける事にしたのだ。

——いや、そうじゃない。

御堂は、鍋(なべ)の中でコトコトと煮こまれ色を変えていく茄子を眺めながら考えこむ。やはり、気持ちの整理がついていないのだ。

「やりたくねぇんだろ」

リビングで漂っていた東馬が、こちらに背を向けテレビを見ながらそう言った。

「あのな、禅。お前がいくら無表情だからって、俺だってそれになりに付き合いが長いんだから、何考えているのかくらい分かるんだよ」

御堂は、ため息を一つ吐き、東馬の背中に目を向ける。東馬の体は透けているので、結果的にテレビの画面が目に入ってしまった。

テレビでは、心霊番組が流れていて、霊能力者を名乗る人物がアイドルの女性に『あなたには無数の霊が憑いている』と低い声で告げている。御堂には、テレビに映し出された女性の近くに何も見えなかったが、同情した。たった一体でもこれほど面倒なのに、無数に憑いていればさぞかし大変だろう。

そして、もう一度大きくため息を吐くと東馬に言う。

「前にも言いましたが、僕はこれまで女性と子どもをターゲットにした事は一度もありません。もちろん、仕事でなくとも手をかけた事はないです」

精神的負担があまりにも大きいからだ。育ての父も以前こんな事を言っていた。

『人を殺せば、殺した奴の顔が焼印みたいに刻まれる。一人殺したら前の顔が消えるわけじゃない。増えていくんだ。そして、その顔はふとしたときに現れる』

実際に御堂は、殺した人間の顔を全て覚えているし、思い出す事があった。それはこちらが意図していないときで、何気ない日常であったり、別の誰かを殺す瞬間であったりした。あのたくさんの顔の中に、女性が加わる事になるのだ。

御堂にとってそれは――とてつもない恐怖だった。

東馬は、テレビに目を向けたまま言った。

「だったら、仕事を引き受けなければいいだろ」

「それは――」と口にしたが先が続かない。

華輪とは、女性や子どもは狙わないという取り決めをした事はないが、御堂の思いを理解してくれているのだと思っていた。

――いや、理解しているんだ。

これまでそういった依頼がなかったのは偶然ではない。華輪が断ってきたからだ。だがそれでも、今回の依頼が特別だったのだ。華輪がどうしても殺さなければいけないと思ったのだ。――だとすれば……。

「できません。やるしかないんです」

御堂は、ようやく言葉を続けた。

と、東馬の体がこちらを向いた。目は真剣だった。

「なぁ、華輪の様子がおかしかっただろ。気づいたか？　あいつ、俺に一度も話さないばかりか、目すらあわせなかった」

いつもなら『それくらい嫌っているんでしょ』と言うところだが、御堂自身もそれは気になっている事であったため、何も言い返す事ができなかった。おそらく華輪は、東馬に何かを気づかれたくなかったのだ。今回の事で御堂に言えない何かがまだあるのだろう。依頼者を秘密にしている事からもそれは明らかだ。

けれど、たとえそうであったとしても――。

「僕は、依頼をこなすだけです」

東馬はふわりと浮き上がると、御堂の目の前まで移動し向かいあう。

「――もし違ったら？」

御堂は、東馬を睨みつける。「どういう事ですか？」

東馬もまた、こちらを強い眼差しで見つめ返してくる。

「今回のターゲットが、連続殺人犯でなかったらどうするんだ？」

「それは……ありえません」

華輪は、念を押すように『ターゲットは連続殺人犯だから』と言ったのだ。

「おい、ちゃんと質問に答えろよ」

だが御堂は、何も返さなかった。それは、想像するだけでも恐ろしい事だった。もし連続殺人犯でないのであれば、華輪は御堂に『ただの女性』を殺させようとしている事になるのだから。

黙っていると東馬が手を叩く。もちろん、体が透けているので、パチンとはならないのだが。

「よし、じゃあ勝負といこうじゃねぇか」

「……勝負？」

「あぁ、『探偵』と『殺し屋』の勝負だよ。もう分かっているだろうが、俺は今回の依頼を怪しんでいる。何かあると睨んでいる。だから、俺は『探偵』として、その真相を突き止める。お前は、いつも通り、『殺し屋』としてターゲットを殺すチャンスを窺えばいい。どちらが先に仕事を完遂するか、勝負するんだよ」

「何を突然……」

「華輪の家に行く前にも言っただろ。おそらく今回が、俺にとっては最後の依頼になる。なんせ、一週間も経たないうちに俺は死んじまうんだからな。だったら、その前に白黒はっきりさせておこうぜ。俺とお前、どちらが一流なのかをな」

いつの間にか、東馬の瞳は先程とは違う輝きかたをしている。まるで、おもちゃを与えられた子どものように無垢になっている。

御堂は、知っていた。この目をするときは、何かを企んでいるときだ。

「……勝負というからには、勝ったときに何かを得ようとしているわけですね」

「察しがいいな」と東馬は笑みを浮かべる。そして、チラチラと視線で誘導する。

その視線の先には、クローゼットにかけられたショルダーバッグがあった。

「名刺だ。マドカのやつ」

――マドカ？　巽円香の事か。よほど興奮しているのか、普段の呼び名が思わず口に出てしまったらしい。

ともかく御堂は、ショルダーバッグに手を突っ込み巽円香の名刺を取り出す。だが、前に見たときと何ら変わりはなかった。――これがなんだというのだろう？

「裏だよ、裏！」

東馬はじれったいのか、声を荒げる。御堂は名刺を裏返す。

と、そこには以前は書かれていなかった『俺のあり金を全部やるから命を助けてくれ』という文字があった。

見覚えのある筆跡だ。東馬の調査をしているときに何度も見たものだ。

――つまりこれは東馬が書いたもの。

だがこの名刺は、東馬にとり憑かれてから貰った。つまり……。

「僕の体に入ったときに、これを書いたんですか？」

「紙を探したんだけどそれしかなくてな」

東馬は自信満々に鼻を膨らませ、胸を張る。

前から疑問だった。一度御堂が寝ている間に東馬が体に入りこんできた事がある。

御堂はそのときの事を覚えていないが、少なくとも五分間は体を乗っ取っていたはずだ。東馬はその目的を『嫌がらせ』と言っていたが、それだけではない気がしていた。これが真の目的だったのだ。だが……。

「意図は？」

御堂が金欲しさに東馬を助ける事がない事は、さすがに分かっているだろう。それに、わざわざこんな物を残さなくても、口で言えば済む話だ。

「ババアは、口約束じゃ動かない。円香も前に言ってたろ、遺書がないかって。俺もそう思って、準備しといたんだ。これなら、あいつも納得する可能性がある」

ババアとは、東馬の母親の事だ。つまり東馬は、これを東馬の母親に見せれば、臓器移植の申し出を受けると考えているのだろう。

「俺が勝てば、そいつを渡してくれ」

名刺を破ってもよかった。だが、御堂はそうせずにそのままポケットに突っ込んだ。

東馬は、それを承諾ととったのか「じゃあ、スタートだ」と言う。

理由は分からないが、自分の胸にも火が点（とも）っていた。少なくとも、華輪から依頼を聞いたときよりも、ずっとやる気になっていた。乗せられている事も自覚していたが、それでも悪い気はしなかった。

御堂は無言のまま、キッチンに戻りコンロの火を止める。少し、煮こみすぎたようだった。

3

携帯電話からエリック・サティが流れてきたので、御堂は目を開いた。

──朝三時。

昨日は、夜の六時にはベッドに入ったが、寝ていたのかただ目を閉じていただけなのか、自分でもよく分からなくなるほど眠りが浅かった。

東馬は、無音のテレビを見続けていたようだ。真っ暗な部屋の中、透けた体にテレビの明かりが反射され、遊園地のショーなどで見られるプロジェクションマッピングみたいになっている。

いつもなら依頼の前日は資料を読みこんでいるのだが、自分から『勝負』と言った手前、公平であろうと思ったのだろう。

準備を速やかに終えて、マンションを出ていつもの如く華輪が用意した車でターゲットの許へ向かう。ターゲットが住んでいるのは早稲田だった。そして、今回の監視場所は、レンタルオフィス。五畳ほどしかなく、いつものように仕事道具が詰まったアタッシュケースが五つほど置かれているため（さらに言えば悪霊までいるため）、やたらと狭く感じる。まぁ仕方がない、ターゲットの家の近くに毎回住み心地がいい部屋があるとは限らないのだから。シャワーとトイレはついているようだから、まだましだと思うしかない。

ブラインドを開き、窓を覗く。外が明るくなりはじめていた。ざっと周囲を見渡してみると、早稲田には一軒家が多く、高い建物はそれほど多くないようだ。

ターゲットは、カステラのような形をした長細い二階建てのアパートに住んでいた。一応、二階の角部屋ではあるが、建物は古く壁も薄そうだった。部屋に向けてカメラを設置し、モニターを繋げる。これで準備完了だ。

ターゲットが目覚めるのを待っていると、ふと東馬が言った。

「なんだか、アライグマのときを思い出すな」

たしかに、あのときとシチュエーションは似ているかもしれない。だが……。

「榎田や小田原さんの一件が異常だっただけで、これが僕にとってはオーソドックスな手順なんですけどね」

いつもと大きく違うのは、ターゲットが女性であるという事だけだ。

資料に目を通す。東馬も顔を近づけてくる。気持ち悪かったがこちらも『勝負』であるため、黙っておいた。

名前は、傘御摩耶。二十五歳。弁当屋で働いているようだ。顔写真を見ると、前髪が目にかかっており少し内気な印象を受ける。

東馬が即座に口の片端を歪める。

「こいつが本当に人殺しなのか。虫も殺せなさそうだぞ」

たしかに見た目からは、連続殺人犯にはとても思えない。だが、御堂はすかさず反論する。

「見た目で判断する事はできません。僕を見て、すぐに殺し屋であると気づく人はいませんしね」

「だが、俺はどこからどう見ても名探偵だ」

御堂は無視して、資料を読みこみながら、傘御が目を覚ますのを待った。

だがいくら待っても一向に傘御の部屋に張られた薄いピンクのカーテンが開かれる事はなかった。考えられる事は二つ。

一つは、『防犯上常にカーテンを閉めっぱなしにしている』。これまでのターゲットにも、そういう人間はいた。傘御のような、一人暮らしの人間に多い。さらに女性であればその可能性もぐっと高くなる。

もう一つは、『誰かに狙われている事を自覚している』。これは、御堂の事だけを指しているわけではない。連続殺人犯であれば、警察を警戒している可能性もある。

どちらにせよ、あの部屋のカーテンが常に閉ざされているようであるならば、部屋の中に隠しカメラを設置する必要が出てくるかもしれない。

と、御堂は、傘御の部屋に忍びこむ自らの姿を想像し、思わず息を吞む。

——いや、待てよ。女性の家に隠しカメラ？

女性というだけで、いつもやっている事にすら抵抗感を覚える。さらに想像を膨らませる。もし、仕留めるチャンスが訪れたときに、傘御がたまたま何も着衣をつけていなかったとしたら、自分は動揺せずにいられるだろうか……。

「おい禅、どうしたんだよ、顔が赤いぞ」

と東馬に声をかけられ、御堂は意識を目の前に戻す。そして、意味もなく眼鏡のブリッジを上げ、監視に集中する。

——今は余計な事を考えるのはよそう。

結局カーテンが開かれる事はなく、九時きっかりに玄関の扉が開かれた。

4

実物の傘御摩耶は、写真よりもずっと地味に見えた。

御堂は、傘御の尾行を始めながら魚のカサゴを連想してしまう。多くの人が、カサゴといえば鮮やかな赤色を想像するだろうが、青い海の中ではあの赤は灰色に見える。保護色となるのだ。傘御もまた自らの身を隠すために、地味な女性を演じているのかもしれない。前方を歩く傘御は、うつむきがちでショルダーバッグの紐を両手でぎゅっと握るように持ちながら歩いていた。

傘御は、十五分ほど歩き地下鉄の江戸川橋駅につく。

「変だな」と東馬が呟く。

実は、御堂もそれを感じていた。傘御が働く弁当屋は飯田橋にある。傘御の自宅からならば、同じ地下鉄でも早稲田駅のほうが距離的に近い。さらに乗車時間も電車賃も車内の混み具合もさほど変わらないのだから、江戸川橋駅を利用するのは、単に遠回りをしているだけだった。

傘御は、そのまま飯田橋駅で降りる。

弁当屋は、駅からほど近い、大きなビルに挟まれた小さな建物だった。御堂は、近くのファミレスに入り、窓側の席に座り大学生が勉強をしているふりをして監視を続ける。

弁当屋は、オーナーと思わしき見た目五十代の女性と二人きりだった。傘御は調理担当らしい。御堂の位置からはほとんど見えなかったが、ときおり白い割烹着姿で鍋を振る姿が確認できた。

一時間の休憩を除けば、傘御はずっと厨房の中で真面目に弁当を作り続けていた。仕事の合間にちょっと人を殺してくる、といったような事はもちろんなかった。

そのまま夜の七時まできっちり働くと、傘御はまるで朝の光景を巻き戻すように電車に乗り自宅のある早稲田へと帰った。やはり、帰りも江戸川橋駅で降りた。

だがその江戸川橋駅で、傘御にとってちょっとしたアクシデントが起きる。

派手なスーツを着た男性に声をかけられたのだ。「どこかでお会いしましたか？」と。ナンパかキャッチだろう。

御堂と東馬は、注意深く傘御を観察した。もしや本性を垣間見る事かできるかもしれない。

男は、その声のかけかたや格好を見ても明らかに怪しい人物であるのに、傘御は世間知らずな一面があるのか、小さな声でこう言った。

「……あの、どこでお会いしましたか？」

モジモジとショルダーバッグの紐をいじりながら、恥ずかしいのか男の顔ではなく手を見つめていた。

派手なスーツを着た男は、傘御に見つめられている手をまるで手話のように忙しなく動かしながら「渋谷だよ、いや池袋だったかな」と必死に口説こうとした。

だが傘御は、そこでようやく男がいかがわしい事を企んでいると気づいたらしい。

「それはわたしじゃありません。勘違いです」とはっきりと言って逃げるようにその場を去って行った。

傘御は、そのまま真っ直ぐ自宅へと戻ると、以降は一度も外に出かけることもなく、部屋のカーテンが開かれる事もなかった。

夜の十一時を過ぎたあたりで明かりが消える。

それは、東京に住む二十代女性の何気ない日常だった。

東馬が言う。「どうだ？　あいつが連続殺人犯だと思うか？」

今日一日では何も分からなかった。御堂は逆に尋ねる。「あなたはどう思うんですか？」

東馬は、自分が投げかけた問いであるのにもかかわらず、不機嫌な声を出す。

「弁当屋で働く地味な女の一日を見て、何が分かるっていうんだよ。まぁ、今日だけ見れば、あいつは連続殺人犯ではないって事になるがな」

「一つ確認しておきますが僕は証拠を見つける必要はありませんので。僕は『いつなら殺せるか』が分かればそれでいいんです」

御堂は、そう言いながらもはっきりと何かが分かるまでは実行しない気でいた。やはり、女性を殺すのであれば慎重を期したい。

――もしかすると、長期戦になるかもしれないな、と頭の中で呟く。

だが、その予想は大きく外れる事になる。二日目にして事態が大きく動いたのだ。

その日、傘御は弁当屋を休んだ。

5

傘御は朝の九時になっても、家から出てくる事はなかった。

家を出たのは、十一時を過ぎてからだった。御堂は尾行を始める。

傘御はまたしても江戸川橋駅へと向かったが、弁当屋がある飯田橋駅に電車がついても降りる事はなかった。

もしや、と御堂は考えていた。

――連続殺人犯の一面が姿を現すかもしれない。

おそらく、東馬も同じ事を考えていたのだろう。真剣な表情で、傘御の動向を注意深く見守っている。

傘御は、さらに五つほど先の駅で別の地下鉄に乗り換えると、さらに十分ほど電車に乗った。そしてようやく辿りついた先は、御堂も東馬も全く予想だにしていなかった場所だった。

二人して、傘御の目的地を呆然と見上げる。

それは――東馬が入院している大学病院だった。

「おい、これはどういう事だよ」と東馬が呟く。

そんな事を言われても御堂にも全く見当はつかない。

傘御は、路上にたむろしているマスコミをなんとか避けようとあたりをうろうろとしていたが、その中を突っ切るしか道がないと分かると、うつむきながら恐る恐る中へと入って行った。傘御が入ったのは、東馬がいる入院棟ではなく、診療棟だ。

御堂も、とりあえず後を追う。――もしかすると、たまたま傘御がこの病院を訪れただけで、東馬が入院している病院なのは偶然なのかもしれない。

傘御は、一階の総合受付を素通りし、そのまま三階へと上がる。そして、なれた様子で、診察券を受付に預けて、長椅子に座る。

——診察で訪れたのだろうか。ということは、やはり、たまたまか。

だが、どうして家の近くの医院ではなく、それなりに離れたこの病院を訪れたのだろう。

診察室の入口の上部につけられたプレートに目を向ける。

そこには——『脳神経外科』と書かれていた。

傘御は、脳に病を抱えているのだろうか。もしそうであるならば、遠くの大学病院へ向かう理由としては納得できる。

しばらくすると、傘御は看護士に呼ばれ診察室へと消えて行く。

東馬は「ちょっと、見てくる」と言って後を追う。仕切りの壁をすり抜け、中へと消えて行く。

と、ほどなく「あっ、いたいた」と聞き覚えのある声で呼び止められた。

振り返るとそこにいたのは——刑事の巽円香だ。

「さっき、入って行くのが見えてね。どうして、こんなところにいるの？」

何気ない質問ではないだろう。目の鋭さがそれを物語っている。何やら疑われているようだ。

御堂は、爽やかな笑みを浮かべつつ、急造の嘘を吐く。

「東馬さんの病室の写真を撮れないかと思って、こっちからポジション探していたんですよ」

ちょうど御堂がいる位置から隣の入院棟が見えた。巽円香には、フリーライターという事にしてあるので、咄嗟に考えたにしてはいい出来と言えるかもしれない。

巽円香は、「ふーん」とあまり納得していない表情を浮かべつつも、それ以上の詮索をしてこなかった。

御堂はこれ以上巽円香に掻きまわされまいと、会話の主導権を握るべく話題を振る。

「で、東馬さんの容態はどうなんですか？」

巽円香は、困った顔で首を振る。それが回答になっていた。臓器も見つかっていないのだろう。電話を貰ってから三日経つ、少なくとも後四日後には東馬は死ぬ可能性が高いわけだ。

御堂はふと、その事実に自分が思ったよりも喜んでいない事に気づく。

どうしてだろうか、東馬とは勝負の最中であるからしっかりと決着をつけたいという思いがあるのかもしれない。……おそらくそうだろう、それ以外には考えられない。

と、思いを巡らせていると、「そっちは何もないの」と逆に巽円香から尋ねられる。

「朗報は？」

御堂は、東馬の遺書ともいうべき巽円香の名刺がポケットに入っているのを思い出したが「色々と調べてはいるんですが」と言って首を振った。

やはり、勝負の途中だし、そもそも殺し屋が殺し損ねたターゲットの命を助けるはずがない。

巽円香もそれほど期待していなかったのか、何も言わなかった。この前の電話で巽は『法を犯してでも』と言っていたが、さすがに本気ではなく、少しでも可能性を広げられればという程度のものだったのだろう。

「そういえば、母親の説得はどうなったんですか？」

何気なく気にかかったので聞いてみたのだが、巽円香は、さらに困った顔になった。まるで梅干しを口に入れたように顔のいたるところに皺が寄る。

「やっぱりあの二人は親子ね。東馬の悪い部分は、全部あの母親から受け継いだのよ」

御堂が苦笑いを浮かべながら「それ悪口ですよ」と言うと、巽円香は「いけないいけない」とわざとらしく口に手を当てる。

そして、東馬がいるであろう入院棟の方角を見ると呟く。

「さすがにしぶといあいつでも、今回ばかりは奇跡でも起きないとダメか……」

――『奇跡』か……。その言葉は、御堂の心に妙な引っかかりかたをする。

傘御がここにいる理由について考えていた。――もし、ここに来たのが偶然でなく、必然であったとすれば。

傘御と東馬に何かしらの繋がりがあるとすれば、それは何を指し示すのだろう。そういえば、華輪は東馬の殺害依頼のときと同じく、依頼者の名前を言わなかった。

頭に微弱な電流が走る。

――もしかしたら、依頼者は同じなのかもしれない。

だとすればどうなる？　だがいくら頭を回転させても、御堂には、そこからどんな回答が導（みちび）き出されるのか見当すらつかない。殺し屋であって、探偵ではないのだから。

と、背後から別の人物に声をかけられた。

「すいません」

それは、喪服を着たスキンヘッドの男性だった。目線は、御堂ではなく巽円香のほうを向いている。

「あなた、刑事さんですよね。マスコミがたむろっていて車を入れられないんですよ。なんとかして貰えませんかね」

どうやら葬儀屋らしい。分かりやすく困った顔を作っている。

「あぁ、分かりました」と巽円香は笑顔で答えると御堂に「じゃあね」と言って去って行く。

それからしばらくして、傘御と東馬が診察室から戻って来る。

傘御の顔には変化はなかったが、東馬の顔はあからさまに険しくなっていた。

先程まで、巽円香がこの場にいた事は気づいていないようだから、診察室で何かを見たのだろう。

「――何か分かったんですか？」

東馬は何も答えなかった。顎鬚を擦って、見てきたものについて頭の中で思案しているようだった。

もしかすると、傘御が連続殺人犯である事を証明する何かを見つけてしまったのかもしれない。

御堂は、『脳神経外科』から想像を膨らませてみる。――例えば、『多重人格者』であるとか。

もしそうであれば、警察に捕まったとしても罪に問われない可能性まである。だからこそ、東馬は言いづらいのかもしれない。

と、ポケットに入れていた携帯電話が震える。ディスプレイの番号を確認すると華輪からだった。

「はい」

『今、依頼者から連絡があってね。予定が変わったの』

「えっ？　ちょっと待ってください」

御堂は、思わず大きな声を出してしまう。ここが病院である事も、傘御がいる事も一時的に忘れてしまう。

傘御の目が一瞬だけこちらを向いた。御堂は、初めて傘御と目をあわせる。

それは、なんとも不思議な目だった。虚ろでこちらと焦点があってないのだが、何かに脅えている、そんな目だった。だが今はそれよりも華輪が言った事のほうが重要だった。御堂は、傘御に背を向けて、電話口に向かって声を潜める。

「――予定を変える？」

『そう。依頼の遂行を急いで欲しいって。だから、今日の夜までにターゲットを仕留めて欲しいの』

華輪は、素っ気なく言ってくる。

御堂は、あまりにショックで言葉が続かなかった。殺し屋に仕事を急かしたって、何もいい結果はうまない。そんな事は華輪も百も承知のはずだ。

『ごめんね禅君。決まった事だから』

華輪はそういうと、そそくさと電話を切る。

御堂は思考停止し、その場に立ち尽くす。

と、背後から東馬が言った。それは悪霊にふさわしく、御堂にとって弱り目に祟り目な言葉だった。

「なぁ、禅。もう勝負はついた。――傘御は、連続殺人犯なんかじゃない」

6

傘御の部屋の明かりを御堂はレンタルオフィスからぼんやりと眺めている。

カーテンはしっかりと閉じられたままなので、薄いピンク色が見えるだけなのだが。

今日中に殺せというのならば、寝静まったところを狙うしかない。

素っ気ない華輪の電話の声が今でも耳にこびりついている。これまで、華輪の言う事を聞いていれば、全て上手くいった。だからこそ華輪を信じる事ができた。

だが、今回に限っては何から何まで異例だ。前回の依頼から期間が短く、しかも以来の最中に突然期限が設けられ、さらにターゲットは女性である。

——なぜだ？

東馬の一言もずっと引っかかっている。——傘御は連続殺人犯でない、と断言したのだ。

御堂は苛立つ。何をどうすればいいのか、誰を信じればいいのか分からなかった。東馬が嘘を吐いている可能性はある。前にも騙された事はあるし、そもそも東馬は信頼に値する男ではない。平気で勝負の約束を反故にし、傘御を殺させまいとして適当な事を言っているのかもしれない。

実際にあれ以降東馬は固く口を閉ざしてしまった。御堂が根拠を聞いても難しい顔を作ったまま何も答えなかった。

だが今回の華輪の言動や判断があまりに異常である事も事実だ。いや、もしかしてずっとそうだったのか。東馬がとり憑いた事で、気づけるようになっただけで、ずっと騙されていたのか？

——そんなはずはない、華輪はパートナーなのだ。

様々な感情が入り混じってできたドロドロとした何かは、濁流となって御堂の意識をどこかへ運んで行く。

行きついたのは、華輪と契約を取り交わしたあの日の記憶。

それは、今から四年前。御堂は、アジトで育ての父親が仕事から帰って来るのを待っていた。育ての父親が好きな肉じゃがを作って。そこに現れたのは、華輪だった。

御堂は、最初それが誰だか分からなかった。華輪と会うのはそれが二度目で、一度目から随分と日が経っていたからだ。

初めて会ったのは、御堂が十歳のときだった。育ての父親に連れて行かれたファミレスにいたのだ。華輪の隣には、華輪の父がいた。育ての父親と華輪の父は、ちょうど今の御堂と華輪の関係性と同じだった。

どうやらその会合の目的は、御堂と華輪の顔見せであったようだ。華輪が当時何歳だったか、今も華輪の正確な年齢を知らない御堂には知る由もない。ただ、制服を着ていたので、高校生であったと思う。

華輪は、久しぶりねも、元気だったもなく、顔色一つ変えずこう告げてきた。

「あなたの父親は、依頼中に死んだわ。死体ももう処分された」

御堂は不思議と悲しくなかった。おそらく、育ての父親がアジトを出る前にこう言い残していたからだ。

――『今日で最後にする』

御堂は、華輪に尋ねた。

「僕は、これからどうすればいいんですか？」

すると華輪はこう言った。

「わたしと一緒に殺し屋を始めるの。わたしの家は、殺し屋の元締めを代々やってきた。古いしきたりがあってね、一代で抱える殺し屋は一人、その殺し屋が死ねばその代の者も引退する事になっている。だから、わたしのお父さんも今日引退した」

「僕にできますか？」

「できると思ったから来たんだけど、できないの？」

御堂は、上手く答えられなかった。すると華輪がこう続けた。

「ねぇ、誰も人を殺したくなんてないのよ。それは、あなたのお父さんも同じだった。けれど、この世にはどうしても殺さなくてはいけない人がいるの。――そしてその中には、わたしとあなたにしかできない仕事もある。わたしはそう考えている」

御堂は、一つ頷くと、華輪を見つめた。

「やります」

　すると華輪は手を差し出しながら言った。

「いい、この手を取ったらその日からわたしたちはパートナーよ。そして、わたしとパートナーになるのなら、互いに絶対に嘘はなし」

　御堂は迷わず手を取った。華輪は、そこで初めて――微笑んだ。


　傘御の部屋の電気が消える。

　それは、御堂の頭と直結していて、思考を強制的に切断されたかのようだった。

　と、病院以来ずっと黙りこんでいた東馬が口を開いた。

「……なぁ、まさか殺しに行くつもりじゃねぇよな。俺と約束したよな。あいつが連続殺人犯でなければ殺さないって」

　東馬の声はいつになく、低く沈んでいた。

「僕はまだ納得していません。証拠を提示してください」

「言えるが、それを言ってもお前は信じないだろ。だから検証が必要なんだよ」

「つまり証拠はないんですね」

「分かった。じゃあ、今から早稲田駅まで行ってくれ」

「どうして？」

「早稲田駅から傘御の家までの道程を歩くんだ」

「なんのために？」

東馬はそれには答えず「やれよ」とだけ言う。

「嫌です。僕には、やらなければいけない事があるんです」

御堂は、掻きまわされた湖底が時間とともに再び透き通っていくように、頭から余計な感情や考えを排除しはじめる。殺し屋のスイッチを入れる。

「なぁ、お前も迷っているんだろ。俺にもな、まだ迷いはあるんだ。だから調べろよ。それさえやってくれればお前の好きにすればいい」

だが、御堂はそれを無視し置かれていたアタッシュケースを開き、いつもの消音器付き拳銃とピッキングのための針金を取り出す。

だが東馬はなおも言葉を続けてくる。

「お前は恐れているんだろ。俺が何かを見つけるのを。いや何かじゃない、連続殺人犯ではないという証拠をだ」

御堂は、思わず苛立ち拳銃を東馬に向ける。

東馬は眉間に銃口を向けられたまま動かず、御堂を睨み続ける。

「そうなれば、華輪がお前を騙していた事になる。お前になんの罪も犯していない弁当屋で働く地味な女を殺させようとしていた事になる。お前は、それが分かるのを恐れているんだ」

御堂は、歯ぎしりをし、爆発しそうになる自分の感情を必死に抑えた。そして、拳銃を腰に差すと言う。

「いいでしょう。調べます。その代わり何も分からなければ、そのときはもう邪魔をしないでくださいね」

「あぁ、もちろんだ」

東馬はそう言って不敵に笑う。

7

御堂は、レンタルオフィスを出て、早稲田駅のほうへと歩きだす。すでに〇時を回っており、人気はほとんどなかった。

東馬はおそらく、傘御が頑なに早稲田駅を使おうとしない理由を探ろうとしているのだろう。だが何が見つかれば、連続殺人犯ではない証拠になるというのだろう。

と、十分ほど歩いたところであっさりと早稲田駅へと辿りつく。

——何も見つからなかった。やはりただの時間稼ぎだったようだ。

「もう、いいですね」

御堂は最後通告のつもりで東馬にそう言った。

「いや、今お前が歩いて来たのは大通りだ。今度は、路地裏を通ってもいいから最短距離を歩いてくれ」

たしかに、御堂は一番分かりやすいルートを選んだ。

どうせ来た道を戻る必要がある。御堂は一つため息を吐くと、言われた通りに今度は最短ルートで傘御の家のほうへ歩きはじめる。

と、狭い路地裏に入ったところで、東馬が突然声を大きくあげた。

「待て！」

東馬は、何かを見つめたまま顔を強張（こわば）らせていた。

「あれを照らしてくれ」

そう言って指したのは電柱だった。

御堂は、ピックングのときに使うために持ってきたペンライトを電柱に当てる。

御堂もそれを見て息を呑んだ。

それは、行方不明者の情報を求めるポスターだった。

若く綺麗な女性の顔と大きく電話番号が書かれており、その下にこんな文章が記載されている。

『長倉瑞月（ながくらみずき）　二十一歳　×月×日から行方が分かりません。何かご存知の方はこちらまでご連絡お願いいたします』

――これが、傘御が早稲田駅を利用しなかった理由？

この女性をこの近くで誘拐（ゆうかい）して殺したのか。だから、この付近を避けていたのか。

だとしたらこれは、傘御が連続殺人犯である証拠となるのではないだろうか。

東馬は口に手を当てたまま、目を見開いて驚いていた。もしかすると、東馬にとってもこれは予想外であったのかもしれない。

御堂は、無言で歩きはじめる。

東馬が後ろから喚き、引きずられるようについて来たが何も答えなかった。

もうはっきりした。これから――傘御を殺す。

8

傘御のアパートへとつくと、速やかにペンライトを咥え鍵穴に針金を突っ込み、掻きまわす。これも育ての父親が教えてくれた技術の一つだった。

二分ほどでかちゃりと音が鳴り、鍵が開く。

その間も東馬は「やめろ！」とか「俺の話を聞け！」とか往生際悪く叫んでいたが全て無視をした。

御堂は、ペンライトを消し、代わりに暗闇になれるために何秒か目を閉じた。そして、ゆっくりと音がしないよう扉を開く。中は案の定真っ暗だったが、すでに目は暗闇に順応していた。

靴のまま部屋に上がりこむ。いまだ東馬は喚いていたがもはやあまり気にならなくなっていた。

傘御の部屋は、暗く色が分かりにくい事を考慮しても服装同様に地味だった。

部屋の間取りは、資料にあったので頭に入っている。六畳の部屋に三畳のキッチンがついている１Ｋ。キッチンを抜け、傘御が寝ている部屋に入る。

と、入口のすぐ近くに棚が置いてありそれが足のつま先に当たる。ほんの少しの衝撃だったのだが、棚の上の物がバサバサと床に落ちる。

御堂は息を殺し、部屋の中を見つめる。

奥にベッドがあり、傘御が寝ているのが見えたが今の物音で起きる様子はなかった。

と、東馬が言う。「落ちた物を見てみろよ」

これまでのように喚き声ではなく、落ち着いた声だったので逆に耳に残った。

御堂は、落ちた物の一つを拾い上げる。その触感で何か分かった。写真だ。

しかも顔を近づけて確認すると、驚いた事に以前の依頼者である榎田剣斗の写真だった。おそらく宣材写真だろう、どこかのスタジオで撮られた物で、榎田剣斗は笑っている。他にも芸能人と思わしき写真がいくつかあるが、基本的には一般人が多かった。まさに老若男女揃(そろ)っていた。

もしかすると、この中から次のターゲットを選んでいるのかもしれない。

と、突然——電気が明るくなる。

写真に集中して気づかなかったが、傘御が目を覚まし照明の長い紐を持っていた。

——しまった。

傘御は、御堂に驚き目を見開き硬直していた。

「やめろ！」

御堂が動くよりも先に、東馬が叫ぶ。だがそんな事で御堂が止まるはずもない。すかさず駆け、持っていた拳銃の柄で傘御の胸を軽く打った。

傘御は、まるで糸の切れた操り人形のように、起こした上半身を再び倒す。

「……おい殺したのか？」

と背後から東馬が言ってくる。

御堂は答えなかったが、気を失わせただけだった。タイミングと叩く場所で、人は簡単に気絶する。

御堂は、改めて銃口を倒れている傘御に向ける。

東馬が再び落ち着いた声で言う。

「なぁ聞けよ。本当に違うんだ。本当にそいつは連続殺人犯なんかじゃない」

「では、先程の電柱に貼られていたポスターはどう説明するんですか？」

「あぁ、まさにあれだ。あれが、こいつが連続殺人犯ではないという証明になる」

「……どういう事ですか？」

「華輪が言っていただろう。今回の依頼者である連続殺人犯は、『若く綺麗な女性ばかり狙っている』って。さっき見た電柱のポスターの女性も綺麗だった」

「だからなんなんですか？」

「この女は――他人の顔が認識できないんだ」

――他人の顔が認識できない？

御堂は、その言葉の意味がなかなか上手く理解できなかった。

「はい？」

「相貌失認(そうぼうしつにん)っていってな、脳の障害の一つだ。程度にもよるが、顔の区別がつかなくなるのはもちろんの事、相手が笑っているのか怒っているのかも分からなくなる。だから俗に失顔症とも呼ばれている」

「この人が、その相貌失認だっていうんですか？」

「あぁそうだ。あの病院で確認したから間違いない。多くは事故で脳を損傷した事により発症するんだが、傘御の場合は先天的なものらしい。定期的に、あの病院で診て貰っていたんだ。お前がさっき拾った写真も、病院で貰った物だよ。病状の進行をたしかめるために、有名人と一般人の顔写真を何枚も見せてテストするんだ」

駅で男に声をかけられたときの事を思い出す。

あからさまなナンパであったのに、傘御は確認をとろうとした。そして、顔ではなくやたらと手を見ていた。だが……。

「だったら、どうしてもっと早くその事を言わなかったんですか？」

「それはよう」と東馬は一瞬口籠った後、言った。「華輪がお前に嘘を吐いた事になるからだよ。その理由を先に知っておきたかったんだ」

たしかに、傘御が連続殺人犯でないのならば、華輪は——。

「いや勘違いするな」と東馬が慌てて続ける。

「——華輪は、何も嘘を吐いていなかったんだ」

「？」

「あのポスターだよ。おそらく傘御は、本当の犯人があの電柱に貼られていた長倉瑞月を誘拐するところを目撃したんだろう。だが、もちろん犯人の顔を証言する事はできないから下手に警察に通報もせず、犯人から逃げるように早稲田駅に近づく事をやめたんだ」

「それが、華輪さんが嘘を吐いていないという根拠とどう関係しているんですか？」

「あれを見てやっと分かったんだ。なぁ、俺がお前に狙われる前に抱えてきた三つの事件の事を覚えているか？」

御堂は記憶を辿る。東馬をターゲットにしているときに自分で調査したし、以前巽円香からも聞いた。

一つ目は、元死刑囚に頼まれた十五年前の冤罪事件の真相。二つ目は、事故死した強盗犯がどこかに隠した金塊の捜索。そして、三つ目は——。

「若い女性の失踪事件」

「あぁ、そうだ。あのポスターの女性、長倉瑞月は、俺の依頼対象であった行方不明の女性とよく似ていた」

「という事は……」

病院で、思い浮かべた想像が再びよみがえる。

——『依頼者は同じ』

そして、そこから導き出される答えは一つ。

——本当の犯人こそが、東馬と傘御の殺害依頼をした人物。

東馬が言う。

「おそらく、俺の推理力を恐れた連続殺人犯は華輪に殺害を依頼したんだろう」

「いや、ちょっと待ってください」

と御堂は否定する。「華輪さんが、連続殺人犯の依頼を引き受けるとは思えないんですが……。それに、まだ華輪さんが嘘を吐いていないという根拠を話していません」

「あぁ、そこだ。華輪はおそらく連続殺人犯に脅されている」

「――何を？」

「それは分からない。だが、華輪は依頼内容の説明をしているとき、俺と一度も目をあわせようとしなかっただろう。それに、一度隠語じみたメッセージを送った」

榎田の一件のときと同じ、『隠されていた二つのうちの一つ』というやつだ。

「だが、実際には何もメッセージが隠されていなかった。おそらく、それが精一杯だったんだ。あれは、メッセージを送りたいができないという意志表示だったんだよ。つまりな――見られていたんだ、連続殺人犯に。あのバーに隠しカメラか何かを取り付けられていた。だから幽霊である俺とも話をしなかったんだ」

「待って、ちょっと待ってください」

御堂は珍しく取り乱していた。心臓が高鳴る。

だとしたら――華輪は今……。

御堂は傘御の家を飛び出した。傘御はただ気を失わせただけで、命の危険はない。このまま寝かせておいても、御堂の顔も認識できていないのだから問題ないだろう。

と、レンタルオフィスに戻ったところで、電話が鳴った。番号は華輪だった。

「はい」

『やっぱり殺せなかったな』

その声は変声器で変えられており奇妙に歪んでいた。それでも口調から華輪ではないとすぐに分かった。さらにこう続ける。

『殺し屋、お前頭おかしくなったのか？　誰も殺せないし、いつも独り言を呟いているし』

その言葉で御堂は気づく。

——ここは監視されている。

慌てて周囲を探す。だが、見つけている余裕はなかった。意識をもう一度携帯電話に向ける。

「目的は何だ？　どうして、僕に傘御を殺させようとした？」

『俺が殺すのは綺麗な女性だけと決めているんだ。あの女は好みじゃなかった。もちろん、あの探偵も好みじゃない。だがな——』

そう言って、電話の向こうでクックックッと笑い声が聞こえる。

『華輪は好みだ』

さらに電話の向こうから華輪の声が聞こえた。

『禅君、電話を切りなさい』

ドカッと音がする。それは、明らかに人を殴った音だった。

御堂の声が一つ沈む。

「――何をした？」

『心配するな。何かをするのはこれからだ』

「お前――」

『まぁ、だがその前にまずは殺し屋、お前がきっちりと仕事をこなせ』

「ターゲットは、他人の顔が認識できないんだ。お前が傘御に目撃されていたとしても、ばれていない。殺す必要がないんだ」

『おいおい、いつから殺し屋はそんなジャッジをするようになったんだ。金を貰って人を殺すだけの仕事じゃなかったのか。まぁ、いい。じゃあ、最初からやりなおそう。――いいか陽が昇るまで待ってやる。探偵をきっちり殺してこい。でなければ袖崎華輪を殺す』

そう言って、電話は切れる。もう一度かけなおしたが、電源が切られていた。

御堂は、そのままレンタルオフィスを飛び出しあてもなく駆けた。五メートルほど後方で東馬が凧のように引っ張られ「ちょっと待てっ！」と叫んでいたが、とにかく走った。

9

常日頃から体を鍛えているので、息を切らすまでに無駄に時間がかかった。

足を止めたのは、薄暗い高架下だった。

ようやく引っ張られる事から解放された東馬が叫ぶ。

「おい、落ち着けよ！」

御堂は、呼吸を整えながら言う。

「僕は落ち着いています」

「どこが――」

と東馬がまだ何か言おうとしていたが、御堂は自らの口に人差し指を当て、黙るように指示を出した。そしてまずは周囲を注意深く見渡した。

――誰の気配もない。

つまり、尾行はされていない。

次に、携帯電話を取り出し、盗聴器の類が仕込まれていないか丁寧に調べた。だが、見当たらなかった。そういったアプリが仕込まれているという事もなかった。

そこで携帯電話に文章を打ちこむ。

『所持品を全て調べるので手伝ってください』

それを東馬に見せる。東馬は、無言で頷き、透過して調べはじめた。

だがやはり、何も見つからなかった。

そこでようやく御堂は会話を始める。

「あのレンタルオフィスに、あらかじめ盗聴器や隠しカメラが仕込まれていたようですね」

「みたいだな」と東馬も同意する。「で、これからどうするんだ？」

御堂は、もう一度、真犯人の言葉を思い出した。

――『陽が昇るまで待ってやる。探偵をきっちり殺してこい。でなければ袖崎華輪を殺す』

さらに華輪の事を思い浮かべた。

「これまでずっと二人でやってきたんです、華輪さんと。あの人がいなかったら、僕はとっくに死んでいたでしょう。いつ誰に裏切られるか分からないこの世界で、唯一信じられる人なんです。僕のパートナーなんです。いなくなったら——僕は困る」

東馬がゆっくりと御堂と向きあう。

「じゃあ、俺を殺すか？」

御堂は、自分の考えがなかなかまとまらなかった。自分の中で華輪の思いだけが膨れ上がる。と、華輪が言った言葉がふと頭に過った。

「そうだ」と思わず口にしてしまう。

「何が『そうだ』なんだ？」

「華輪さんは、僕には決して嘘を吐かないと約束した。その華輪さんが、念を押すように言ったんだ——『ターゲットは連続殺人犯だから』って。……あれは、僕たちに対するメッセージだったんだ。本当のターゲットは、傘御じゃないという。あの監視されていた状況で本当の犯人にばれないように、僕に嘘を吐かない範囲でメッセージを送っていたんだ」

そういえば、東馬がとり憑いてから、華輪はやたらと東馬と協力するように持っていこうとしていた。東馬殺害の依頼も本当の犯人によるものならば、随分と前から脅されていた事になる。もしかすると華輪は、いつかこうなる事を想定して、東馬と協力するように仕向けていたのかもしれない。だとすれば……。

「まだ、陽が昇るまで時間があります。僕は、それまでに華輪さんを見つけ出して助けたい。それには、あなたの助けが必要です」

そう言って御堂も東馬と向かいあう。

「正式に依頼を引き受けて貰えませんか？　僕を一時的に相棒にしてください、名探偵の東馬京さん」

そう言ってしっかりと頭を下げた。

「いいぞ、殺し屋の御堂禅」

顔を上げると、東馬は笑っていた。

と、しばらく妙な間がうまれる。おそらく、互いに臭いやり取りだったと気づいてしまったのだろう。東馬は笑顔のまま、徐々に顔を引き攣らせていく。御堂も、急に恥ずかしくなり東馬の事を見ていられなくなった。

御堂は耐えきれず、一度咳払いをしてから、気を取り直すと、再度東馬に尋ねる。

「……で、えっと、これからどうしましょうか？」

「あっ、あぁそうだな」と東馬も一つ咳払いをすると顎鬚を擦る。

「やはり連続殺人犯が何者なのか見つけ出すのが一番近道だろうな」

「では、先程の電柱のチラシに書いてあった番号に連絡しますか？」

「いや、こんな真夜中に電話をかけても怪しまれるだけだ。それよりもすでに調べてある事を精査しよう」

「すでに調べてある事？　傘御の事ですか？」

「いやそうじゃない。華輪は連続殺人犯が、三人ほど殺しているといっていただろう。まぁだからこそ『連続』ってつけたんだけどな。そのうちの一人の被害者に俺は、心当たりがある。依頼を受けたからな」

御堂は、東馬が何を言おうとしているのかようやく理解した。

「まさか……」

「あぁ、そうだ。俺ん家に行く」

10

華輪が用意した車には何が仕掛けられているか分からず、それを調べている時間も惜しいので移動にはタクシーを使った。

麻布にある十五階建ての高級マンション。その一室が東馬の家だった。

ここに来るのは、東馬を仕留めに来たとき以来だ。と、入口のところにいくつかの人影が見えた。マスコミだ。

御堂は少し疑問だった。もう事件からかなりの日数が経っている。今更マスコミが張っているのは少し不自然だった。それに東馬の体は病院にあり、ここには何もないはずだ。

ともかく、マスコミを避けるために正面入口ではなく、裏口へと回る。

裏口は、ゴミ捨て場と駐輪場になっていた。そこには鉄の扉がついており四桁の数字を打ちこまなければ開かないようになっている。

東馬が「暗証番号は――」と言おうとしたが、御堂がそれより先にボタンを押す。カチャリと鍵が開く音がする。

すでに東馬を調査したときに暗証番号は入手済みだ。さらに言えばここには監視カメラもついていない事も知っている。東馬が呆れた顔を向けてきたが無視し、住人のように堂々と中へと入る。エレベーターに乗りこむ。

東馬が住んでいるのは十三階。一つの階に四つの部屋があるが、今は東馬の部屋以外は空き部屋となっているはずだ。

御堂は、扉の前に立つと堂々と、傘御の部屋に入るときに使ったピッキング用の針金を取り出す。だが、鍵穴にそれを入れる直前でふと扉の向こう側に違和感を抱いた。

念のため、ノブを回す。

ガチャリ！　と簡単に開いた。——鍵はかかっていなかったのだ。

さらには、電気がついており中に人の気配がある。

御堂は、もう一度音を立てないようゆっくりと扉を閉めて、囁き声で言う。

「中に誰かいますよ」

東馬も少し驚いた顔で扉を見つめていた。

「俺が先に見てくる」

そういうと、扉を透け中へと入って行く。

——もしや真犯人が、先回りしていたのか。

御堂は腰に差した拳銃に手を回しておく。

だが、再び戻って来た東馬の顔は、困惑を浮かべていた。

「ここはダメだ。戻るぞ」

と、東馬はエレベーターのほうへ向かいはじめる。

その東馬を見て、御堂は中に誰がいるのか見当がついた。——おそらく、外のマスコミも中にいる人物を追って集まって来たのだ。

御堂は、躊躇なく、扉をノックする。

「あっ、待て」と東馬が言うがもちろん手を止めなかった。

しばらくして扉が開かれる。やはり御堂が思った通りの人物がそこに立っていた。

——東馬の母だ。

「ん？　あんた、誰？」

間近で見る東馬の母は、テレビで見たときと同じく美しく綺麗だった。マスコミが魔女と称していたがそれも頷ける。

御堂は、巽円香に吐いた嘘と同じものを使う。

「フリーライターです」

東馬の母は、途端に眉間に皺を寄せた。

「何？　取材は受けないよ。というかあんた、どうやって入って来たんだい？　通報するよ」

およそ想像通りのリアクションだった。——大事なのはここから。

あまり使いたくなかったが、やはり今は華輪の命が最優先だ。それに、『勝負』の約束を果たさなくてはいけない。

御堂はポケットから巽円香の名刺を取り出し、東馬の母に渡した。

「なんだいこれは」と露骨に不機嫌な表情になったが、名刺を裏返し、東馬の直筆のメッセージを見てしだいに目を鋭くさせていった。

「あんた、これをどこで……」

「東馬さんから、何かがあったときにと預かっていた物です」

東馬の母親は、しばらく名刺の裏を見つめていたが、「ふん」と鼻を鳴らすといきなり突き返してくる。

「いらないよ」

「どうしてですか？」

「あいつの資産を調べたけれど、たいして金を持っていなかったんだよ」

御堂は東馬のほうに目を向ける。東馬はエレベーターのほうから動いていなかった。五メートル限界まで離れている。

「そのババアは滅茶苦茶面倒な奴なんだ！　そいつがいたら邪魔されるぞ。別の方法を探そうぜ！」

だが、御堂はその場を動かなかった。自分たちには時間がないのだ。

しばらくそうしていると、東馬のほうが根負けしたのか、「あぁ、分かったよ、くそ」と大げさなため息を吐きながら戻って来る。

そして、御堂にこう言う。

「実は、部屋に金を隠してある。税金逃れのために隠してあったやつだ。それを教えたら協力してくれるはずだ」

御堂はすかさず東馬の母に言う。

「僕が知っているのは、これだけではありません。東馬さんが隠し持っていたお金のありかも分かりますよ」

「何？　それを早く言いなよ。さぁ、入りな」

そういうと、東馬の母は扉を押さえるのをやめ一人でそそくさと中へと入って行く。まるで別人のような態度の変わり様だった。

「お前、本当に後悔するからな」

と東馬は言ったが、御堂は覚悟を決めて中へと入る。

11

御堂は、部屋に立ち入って驚く。前は足場もないほど酷く汚れていたのに、綺麗に片づいていたからだ。これには東馬も驚いていた。

「おい、これは本当に俺の家か……」

代わりに部屋の隅々に段ボール箱が積み重なっている。まるで、引っ越す前のようだ。御堂は、東馬の母に尋ねる。

「東馬さんの部屋は、もっと汚れていた記憶があるんですがこれはお母さんが片づけたんですか？」

「いや、警察が一度全部持ってっちゃったんだけど、取りかえしてきたの」

よく見ればダンボールには、警視庁と書かれてあった。

「あいつの物で売れるやつは売ろうかと思ってね。今は、その整理をしてたってわけ」

と東馬が叫ぶ。「おいババア、何勝手に人の物売ろうとしてるんだよ」

だがその声はもちろん東馬の母には届かない。ふんと鼻を鳴らすと、御堂に言う。

「まぁ、そんな事はどうでもいいから、早くその金の場所を教えなさいよ」

御堂は、どうしてそれを知っているのかだとか東馬との関係性だとかを説明するための嘘を用意していたのだが、どうやらそんな事は全く気にならないらしい。

御堂は、東馬の言葉を待つ。東馬は、少し躊躇ったがすぐに無駄なあがきであると悟ったのか、「あそこだよ」と指した。

それは奥の部屋の壁の下部、巾木（はばき）だった。

御堂がそれを伝えると東馬の母は段ボール箱を漁（あさ）り、中から金槌（かなづち）を取り出すと、容赦なく巾木の部分を叩いた。と、巾木の部分がパカリと外れ空洞が現れる。

東馬の母は手際よくそこに手を突っ込んだ。

「おっ、あったあった」

取り出したのは、札束が六つ。おそらく一千万円ほどあるのではないだろうか。

だがそれを見て、東馬の母は、明らかに不満そうにした。

「なんだ、これっぽっちか」とぼやく。

東馬がそれを聞いて「このババア」と憎々しげに言う。

東馬の母は札束を数えながら御堂に言う。

「で、あんたはいくら欲しいわけ？」

御堂は慌てて首を振った。

「いえ、お金はいりません。その代わり少し東馬さんが持っていた資料を見せて貰ってもいいですか？」

東馬の母は、一度手を止めると、目を見開いて御堂をじっと見つめた。

「あぁ、言ったね。今、お金いらないって言ったね。一度言ったら取り消すのはなしだよ」

「えっ、えぇ」とその勢いに思わず御堂はたじろぐ。

と、東馬の母は、にっこりと笑う。

「いいよ。じゃあ、好きなだけ見ていって」

本当に東馬とよく似て、自分の欲に素直すぎる人だと御堂はしみじみと思う。

ともかく許可は得たので、遠慮なく段ボール箱を漁りはじめる。

と、随分と使いこまれた革の分厚い手帳が現れる。

東馬が「それだ」と後ろから言ってくる。

御堂は、手帳を開く。殴り書きで書かれておりほとんど内容は分からなかった。だが書いた張本人には、しっかりと読みとれていたようだ。

パラパラと適当にめくっていると、とあるページで東馬が指す。

「あぁ、そこだな」

どうやらこのページが行方不明女性に関する箇所らしい。

やはり御堂には字が汚すぎて何が書かれてあるのか分からなかった。東馬の顔を見返すと、東馬が「こう書かれてあるんだ」と一つずつ読み上げてくれた。

［伊吹沙紀（いぶきさき）］［二十歳］［東京都葛飾区（かつしかく）××――］［○○大学文学部二年生］［一人暮らし］

［○月×日　突然行方が分からなくなる］［警察は、相手にしてくれなかった］

[父親証言：半年前に、彼氏が交通事故で死んだためかなり落ち込んでいた]
[目撃情報：駅から自宅に帰る道の途中で不審者を見た]
[目撃情報：不審者は、車に乗っていたが覆面をつけていた]

と、東馬がある箇所を指す。

「ここ、引っかからないか？」

文字が汚すぎて読めないのだが、東馬が読み上げていた順番で考えると『不審者は、車に乗っていたが覆面をつけていた』だ。

御堂は、東馬が何を言わんとしているのか分かった。

連続殺人犯は、傘御に顔を見られたので依頼をしてきたのだと思っていた。だが、覆面をしていたのならば自分の事を知られた可能性は少なくなり、わざわざ殺す必要もなくなるはずだ。

「もちろん、犯人が念には念を入れたって可能性もあるし、早稲田の長倉瑞月のときは覆面をしていなかったという可能性もある。だが、もし、どこかで一度会っていたならどうだ」

「顔、見、知り」と思わず呟いてしまう。

「あぁそうだ。まぁ、顔が認識できないのに顔見知りってのもおかしいが。——いや、そう考えれば、顔以外の何かを見られたのかもしれない。それで、自分の事を気づかれたと思ったんじゃないか。……くそ、まだ情報が足りないな。ちょっと、パソコンを立ち上げてくれないか」

机の上にノートパソコンが置かれている。

御堂は、東馬の母に言う。

「すいません、あのパソコンもちょっと見させて貰っていいですか？」

まだ札束を数えていた東馬の母は、「いいけど返してよね」とぶっきらぼうに言う。東馬が、「俺のだけどな」とすかさず突っ込む。

それからパソコンを使い、東馬の依頼案件であった行方不明の女性、伊吹沙紀と、電柱に貼ってあったチラシの女性、長倉瑞月に関する情報をできるだけ集めた。

——それには、かなりの時間がかかった。

途中で東馬の母が、「まだやるんだったら延長料金を払いなさい」と言ってきたので仕方なく手持ちの五万円を払った。東馬の母は、とっくに札束を数えるのを終えていて、東馬の私物漁りに戻り、売れそうな物を一つ一つピックアップしていった。

そして、その作業が終わったときには、陽が昇ろうとしていた。

東馬の母は、いつの間にか眠っていたようで、札束を枕にしている。

御堂も東馬も疲れきっていたが、そこからさらに情報を精査していく。

――二人の共通点だ。連続殺人犯の好みの顔という以外の。

と、携帯電話が震える。その連続殺人犯からだった。

『もうすぐ陽が昇るぞ』

またしても変声器で変えられている。東馬を殺せという催促の電話らしい。

御堂は、取り繕うしかなかった。

「探偵の病室に忍び込む方法を思いついたが、まだ時間が早すぎるんだ。もう少し待ってくれ」

これは嘘ではない。もし本当に殺すにしても、病院が閉まりきっているときを狙うよりかは、ちゃんとした手続きを踏んで東馬に近寄るほうが確実だ。そして、巽円香に頼めばそれが可能かもしれない。

しばらくの沈黙の後、連続殺人犯が言う。

『分かったいいだろう。病院の面会は、九時からだったはずだ。それまで待っていてやる。九時になってもお前が病院に現れなかったから、そのときは――』

時計を見ると、時計の針は六時を回ろうとしていた。――残り約三時間。

御堂は言う。「華輪さんの声を聞かせろ」

だが、そのまま電話は切れる。御堂は舌打ちを打つしかなかった。

また調査に戻る。

御堂と東馬は、パソコンと手帳を睨みながらヒントを探そうとする。

だが刻一刻と時間は過ぎていく。

御堂は、少し焦りはじめ、東馬に言う。

「時間がありません。ポストに調べて貰いますか？」

「ポスト？」

「情報屋の名前です」

「お前らって本当に、変わった名前が好きだな。シルバーチップとか黒十字とか」

以前に『掃除屋』や『引っ越しセンター』の話をした事を覚えていたのだろう。たしかに裏社会では、隠語や通り名のようなものが好んで使われる。資金洗浄を専門にやる業者の事を『コインランドリー』と呼ぶと初めて知ったときは御堂でさえ苦笑した。だが、今はそんな話をしている場合ではない。

「情報屋ならば見つけられるかもしれません」

だが東馬は首を振る。

「それは一か八かすぎる。もし、そのポストが連続殺人犯と繋がっていれば、それでアウトだ。ポストだけじゃない。裏社会の人脈に頼るのはだめだ。大丈夫だ、俺を信じろ」

だが時間は、そこからさらに無駄に過ぎていく。

そして、残り時間が一時間を切ろうとしていたときだった。

東馬が、何かに気づく。

「おい、これを見てみろ」

それは、電柱に貼られていた行方不明女性、長倉瑞月のＳＮＳだった。情報を集めるために家族が公開していたようだ。

それによると行方不明になる二ヶ月程前、祖父母を失っていた。女性は、祖父母と仲が良かったらしく、その苦しみを綴っている。

「これがどうかしたんですか？」

「今度はこれだ」

東馬は、今度は手帳を指す。だがやはり字が汚すぎて読めないため、東馬に朗読して貰う。

「俺が依頼された伊吹沙紀も、半年ほど前に彼氏を交通事故で失っているんだ。当初は、そのショックから行方をくらましたと思われていたんだよ」

御堂は、それを聞いても、東馬が何に気づいたのか分からなかった。

東馬は続ける。

「——病院だ。共通点は、病院だったんだよ。もしかすると、連続殺人犯とこの二人が出会ったのは病院かもしれない。そこで連続殺人犯に目をつけられたとしたらどうだ？」

御堂には、少し強引すぎるような気がした。

「——この二つの情報だけで、それを推測するのは無理がありませんか？」

「いや、まだある。さっきの傘御の話だ。連続殺人犯は、覆面をしていても、傘御に気づかれたのではないかと不安だった。なぜか？　どこかで出会っていたから。どこで？」

「……あの病院で、と言いたいんですか？」

「そうだ。思い出してみろ。あの病院を俺たちが訪れた後、華輪から電話があってすぐに殺すように催促してきただろ。もしかすると、連続殺人犯にあの病院で直接見られたのかもしれない」

「と、いう事はあの病院の職員か医者が連続殺人犯？」

「あぁ、俺はそう睨んでいる」

「ですがそれならば、あなたの体もあそこにあるわけですから、連続殺人犯にとっくに殺されているんじゃないですか」

「いや、あいつは自分の好みの女性しか殺さないと言っていただろ。それにいくら病院の関係者といえど、警察が警護をしている中、誰にもばれずに殺害するのは難しいだろ。——ともかく、確認をとろう、家族に」

　今は八時を少し回ったところ。知らない人間に電話をかけるにはまだ失礼な時間に当たりそうだが、もうそんな気を回している余裕はない。

　御堂は、携帯電話を手に取る。一件目は、早稲田の電柱に貼られていた行方不明女性、長倉瑞月の家族。だが、何度かの呼び出し音の後、留守番電話に変わる。『重要な情報をお持ちの方は、こちらから折り返し連絡いたしますので——』と聞こえたが何も言わずに電話を切った。

　そして、今度は東馬を雇った伊吹沙紀の家族のほうに電話をかける。

　こちらは、三度目の呼び出しで出た。どうやら声の雰囲気から、伊吹沙紀の父親であるようだ。『もしもし』の声がすでに緊張感を持っていた。いつ重要な情報がもたらされるかもしれないと常に気を張っているのだろう。

御堂は、自らをフリーライターだと名乗り、行方不明女性の事件を追っていると説明し重要な手掛かりに繋がるかもしれないので教えて欲しいと言って、こう尋ねた。

「沙紀さんは、大切な恋人を以前に事故で失っていますよね。その恋人のかたが、どの病院に運ばれたか分かりませんか?」

伊吹沙紀の父親は、恋人の事故に立ち会っていないので分からないといい、さらに恋人の家族とは今も付き合いがあるため、聞いてみようと言って電話を切る。

御堂は、さらにもう一度、早稲田の長倉のほうに電話をかけてみたが、やはり留守番電話になるだけだった。

時計を見る。九時まで三十分を切ろうとしていた。

「――もし想像通り、あなたの体があるあの大学病院の関係者が犯人だったら、病院で直接張られているかもしれません。向かわなくてはまずいですよ」

東馬は「くそっ」と舌打ちを漏らす。せめて、どちらかの家族からあの大学病院に行方不明女性が行ったという事実を確認できれば……。

だが、やはり時間がない。

「おい、これを使え」と東馬が机の上を指す。

そこには、車のキーが置いてある。あのボロボロの東馬の車の物だ。

御堂は、もう一度東馬の母を確認する。寝ているのかと思ったが、そこで閉じていた目が片方だけぱちりと開く。

「いいよ持って行っても」

どうやら、いつの間にか目を覚ましていたらしい。

御堂は、どうせ催促されるのであろうと、先回りして尋ねた。

「いくらですか？」

だが東馬の母は、「はん」と鼻を鳴らすと首を振った。

「舐めて貰っちゃ困るよ。わたしが、どうしてあんたをこの家に入れたか分かるかい？」

お金が欲しかったからだろうと思ったが何も言わなかった。すると、東馬の母が続ける。

「あんたをこの家に入れたのは、うちの京の匂いがしたからさ。あんた、京の知り合いなんだろう。だったら、金なんて今は受け取れないよ。後払いでいいさ。――十万ね」

「結局金とるのかよ」と東馬がぼやく。

御堂は、ともかく「すいません」と言って鍵を手に取り、部屋を出て行こうとする。

と、東馬の母が再び「ねぇあんた」と呼び止めてくる。

「なんだか世界の終わりみたいな顔をしているから、一つ教えておいてあげるけど、この世で一番大切なのは……『お金』、と言いたいところだけれど『命』なんだよ。そんなのうちの京を見てれば分かる事だろ。——死んだら終わりなんだよ」

東馬の母に言われても、あまりピンとはこないが時間が惜しかったので、

「はい、分かりました」

と言って御堂は改めて、部屋を飛び出す。

12

エレベーターに乗り地下駐車場まで下りる。東馬の車は、年季の入った何十年も前の国産車だった。ボンネットが錆びており、クラシックカーというよりは廃車寸前といったかんじだ。

御堂は車に乗りこもうとして思わず足を止める。地面にまだ赤い染みが残っており、それを踏みつけていたのだ。

それは、御堂が東馬に向けて銃を撃った場所だった。

思わず手を止め、それに見入ってしまう。

そうだ、全てはここから始まったのだ。あのとき、東馬から『本当に俺は死ななくちゃいけないのか？』と言われ、弾を外してから――。

「おい、何してんだよ」と東馬に言われ、我に戻る。

「いえ、なんでも」と言って車に乗りこんだ。


東馬が入院している病院まで車を向かわせている間に、もう一度早稲田の家族へ電話してみた。だが、やはり留守番電話になるだけだった。

東馬を雇った家族からもまだ連絡がない。

つまり、まだ病院の関係者であるという確証がないのだ。

御堂は、東馬に尋ねた。

「本当に連続殺人犯が誰だか分かるんですか？」

「あぁ、その可能性は高いと俺は思う。病院の関係者と言ったが、俺は医者だと睨んでいる」

「どうしてですか？」

「単純な話だ。皆、死体が見つかっていないだろ。ということは、毎回死体を処理しているという事だ。死体をばらすのには知識がいるし、精神的にも結構辛いはずだ。

そう考えると医師は、『人間の体を切る事』になれているからな」

とその言葉は、御堂の頭に微弱な電気を流した。何か、閃きそうな気配があった。

だが、それは頭の裏側の手の届かないところにあり、上手く出てこない。

と、病院が目の前まで見えてくる。

御堂は、近くに車を停めると、改めて腰に差していた拳銃を取り出した。だが、それはダッシュボードに仕舞う。マスコミと警察がいる病院で拳銃を持って行くのはリスクが高すぎる。前に一度頭に血が上ったときに、持ち出してしまったがあの後、心底後悔した。

そして、ポケットから銀のシガーケースを取り出す。

一度大きく息を吐き出すと、中に入っているシルバーチップを見つめた。そして東馬に向かって言う。

「先に言っておきます。連続殺人犯が誰か分からなければ、僕はあなたを殺さなければいけません」

東馬は即座に頷いた。

「あぁ、分かっている」

そして、しばらく間をあけた後、こう続けた。

「なぁ、その弾は何なんだ？　それがシルバーチップの由来なんだろう」

今までそれを話した事は一度もない。華輪にすらだ。育ての父親が先に名乗った殺し屋としての名前――。

これが最後かもしれないと思うと、弾を指でつまんで目の前に持ってくる。

「シルバーチップという名を最初に名乗ったのは、僕の育ての父親です。僕に殺しの技術を叩きこんだ、いわば僕の師匠。殺し屋を始める前には外人部隊で傭兵(ようへい)をしていたそうです。そして、そこで僕の母親と会った。僕の母親は、海外の紛争地帯で国境なき医師団として活動していた。出会ったときには、すでにお腹の中に僕がいたそうです。父親が誰かは結局最後まで教えて貰えなかったそうですが。育ての父親は僕にはっきりと『惚れていたんだ』と言いました。

僕の母親は、育ての父親の目の前で死にました。テロリストに撃たれたんです。即死でしたが、周囲の人は慌てて僕を取り出そうとしました。僕はまだ生きていたんです。そして母の血溜まりの中から取り出された僕は、これを握っていた」

――この弾、シルバーチップを。

「育ての父親は、その後僕を引き取って育てた。殺しの技術を教えて、自らシルバーチップを名乗って、後を継がせようとした。なぜなら、僕が母親を殺した弾を握って生まれてきたから。僕が産まれながらの——殺し屋だったから」

東馬は聞き終えると、こちらを真っ直ぐに見つめて言った。

「いや、それは違うぞ、禅」

東馬の体は透け、向こう側に朝日が見えた。

「人間は、産まれてきた瞬間に何になるのか決まっているわけじゃない。お前の動物図鑑は、人間の事が載ってないのか。人間は、他の動物に比べて一年くらい早く産まれてくるんだ。未熟(みじゅく)であるって事は、より成長できるって事だろ。わざと未熟で産まれてくる事で、人生の可能性を広げているんだ。つまり人間は、自分がなりたいものになれるって事だ。まだ遅くないんだ、禅。——お前は、お前のなりたい人間になればいい」

その言葉は山の向こうから聞こえる寺の鐘(かね)のようにずっと胸の中で響き続けた。

御堂は、シガーケースを閉じ、全ての覚悟を決め、車を出た。

病院の入口に辿りついたところで、再び電話が鳴った。

御堂と東馬に緊張が走る。

——どっちだ？　行方不明者の家族か、連続殺人犯か。

ポケットから携帯電話を取り出し、ディスプレイを見る。

それは華輪の番号、つまり連続殺人犯からだった。

13

『さぁ、タイムリミットだ』

変声器で変えられた不快な声が電話口から聞こえる。

『俺が、案内してやる。言う通りに動け』

連続殺人犯は、『そこから右に十三歩』や『そのまま突き当たりまで真っ直ぐ』と、的確に指示を出してくる。御堂は、従うほかなかった。

そして、『そこだ』と言われ足を止めた先にいたのは、巽円香だった。

『そいつに探偵のところまで連れて行って貰え』

そう言って電話が切れる。

どうやら連続殺人犯は、御堂と巽円香のやり取りまで知っていたようだ。それだけではない、的確に指示を出してきたという事は、やはり今この近くにいるのだ。

だがあたりを見渡しても、怪しい人物はいない。いや、怪しいと言えば全て怪しく見えてしまう。

と、巽円香が御堂に気づき、笑顔で駆け寄って来る。

「ねぇ、御堂君一体どんな魔法を使ったの？」

御堂は何を言っているのか、全く分からなかった。

「さっき電話があったのよ、あいつのお母さんから。移植してやるって。礼なら、フリーライターに言えって」

金を持ち逃げするのではないかと思ったが、親心は残っていたらしい。御堂は、少し迷ったが連続殺人犯の要求通りにする事にする。

「あのすいません、東馬さんに会わせて貰えませんか？」

「え？」

「実は、ちょっと、遠くに取材に行かなくてはいけなくなって。今しか見られないじゃないですか——うるさい名探偵が眠っている姿なんて」

巽円香は、少し考えた後、笑顔で「分かった」と承諾してくれた。

「いいわ。東馬が助かるのは、あなたのおかげと言っても過言ではないもんね」

御堂は密かに、唾を一つ飲みこむ。隣の東馬を見る余裕はなかった。

そして、巽円香の案内で入院棟へと移動する。

エレベーターに乗りこむと、巽円香は首からぶら下げていたカードキーをボタンの上部にかざす。すると、最上階のボタンが点灯し動きはじめる。

前回は、エレベーターまでしか行けなかったのだ。あれから、状況は何もかも変わっている。

エレベーターが開くと、制服を着た警察官が数人現れる。巽円香に敬礼をおこなう。

巽円香がこちらに告げてくる。「悪いけど、ここでボディチェックをさせてね」

御堂は、何も言わず従う。武器の類は何も持ってきていなかった。制服の警官が、体を触るが何も出てこない。だが、ポケットの携帯電話を指摘される。

「すいませんが、それも預からせてください」

と、そのときだった。

携帯電話が震え出す。御堂は緊張する。

――まさか、また連続殺人犯？

だが、相手は東馬を雇った伊吹沙紀の家族からだった。

「おい」と東馬が声をあげる。

――これがラストチャンスだ。

御堂はボディチェックをしていた警官と巽円香に向かって尋ねる。

「すいません、これだけ出ていいですか？」

巽円香が「いいわよ」というので、少し皆から離れたところで電話に出る。

女性の父親からだった。

『確認とりました。北海道でツーリングをしているときに事故を起こしたそうです。ですので、病院は北海道でした。これから病院名を言います――』

女性の父親は、病院名を言っていたが、まるで頭に入ってこなかった。

――東馬の推理は外れたのだ。

東馬も言葉を失っていた。電話を切り、警官に渡す。

タイムリミット。こちらがやれる事は、もう何もなくなった。

巽円香に連れられ、廊下を歩く。

そして、一番奥にあるガラス張りの部屋の前に立つ。

そこには、ベッドで眠る東馬の体があった。鼻に管が通っており、いくつかの精密機器も取り付けられている。随分と痩せ細っていた。

消毒を済ませると巽円香は言う。

「わたしはここにいるから、会ってきていいわよ。ただし、中はカメラとマイクがつけられているからそのつもりで」

御堂が入口の前に立つと、自動ドアがゆっくりと開く。

中に入ると、眠る東馬の体の横に寄り添う。その上には、東馬の魂が浮いていた。

カメラとマイクを意識し、その体に語りかけるように言う。

「さぁ、目を覚ましてください」

――実際には、その上で漂う東馬の魂に向かって。

「僕は、何も持っていません。警官に囲まれてもいます。今目を覚ませば、あなたにもチャンスがあるはずだ」

客観的に見れば、御堂は東馬の体に訳の分からない事を話しかけている事になるが、もはやここまでくればなりふり構っていられない。

だがプカプカと浮かぶ東馬の魂は、体に戻ろうとはしない。

「嫌だね。俺は、最後まであがきたいんだ」

「あがきたいんだったら、なおさら目を覚まして抗うべきでしょ」

「いや、今はお前の側にいるほうがいい。もう少しなんだ、もう少しで連続殺人犯が分かる」

「違ったじゃないですか。病院の関係者じゃない」

「いや、俺の推理は正しい」

「間違っていたんですよ。さぁ、もう終わりにしましょう」

「嫌だって言ってんだろ！　殺したきゃ殺せよ。ほら、そこらへんの線をぶっこ抜くだけで、多分死ぬぞ俺は。別に俺が体に戻る必要はないだろ」

「あなたは、本当に最低の人間ですね」

「なんとでも言え。俺は絶対に体に戻らない。最後まで、お前にとり憑いていてやる」

御堂は、手をゆっくりと動かして行く。

と東馬が無様に喚きはじめる。

「よしやってみろ。ほらやれよ。その代わり、皆から非難されるぞ。あの名探偵を殺した男だってな。しっかり想像しろよ、俺の葬式で泣いている人たちの姿を」

そんな人いるわけないだろ、と御堂は思う。

そして、ガラス張りの廊下を見る。巽円香がこちらを見ていた。それだけでなく、警察官や看護士、清掃員までいた。たしかに、この状況では誰にも見つからずというのは難しそうだ。すぐに捕まる事になるだろう。

だが、それで華輪が助かるのならば……。

と、その瞬間、頭の中でパッと光が弾けた。先程車の中で東馬と話しているときに抱いた感覚と同じものだ。

――なんだこの感覚は？　……今、見たものの中に何かヒントが？

と、東馬も何かに気づいた声を出した。

「おい、ちょっと待てよ」

だが御堂はそれをほとんど無視し、自分の思考に潜る。東馬も顎鬚を擦りながら視線を落とし、自分の思考を張り巡らせている。

もう一度ガラス張りの廊下を見る。

そうだ、そこにいるのは――。

御堂と東馬は、ほぼ同時に言った。

「掃除屋だ！」

「葬儀屋だ！」

そして、互いに顔を見あわせた。

東馬が言う。

「はっ？　ソウギ、だろ」

「いえ、ソウジですよ」

埒が明かないので、先に東馬から話させた。

「葬儀屋だよ。葬儀屋なら、この病院だけじゃなく色々な病院に顔を出しているはずだ。あの女性の恋人も東京に住んでいたとしたら、葬儀は東京でおこなったはずだ。葬儀場で出会った好みの女性を狙っていたんだ」

──なるほどな、御堂は納得した。だが自分の意見も間違ってはいない。

それを今、口にするわけにはいかない。そそくさと一度部屋を出て、巽円香に急用ができたと言って携帯電話を受け取りエレベーターに乗った。

そして、そこでようやく東馬に話す。

「あなたが言ったように、連続殺人犯は、死体を処理している。そしてそれは、簡単な事ではない。だから僕たちは業者に頼む。──掃除屋に」

「おい、お前の言う掃除屋って、あの裏社会の隠語か。死体を処理する業者」

「はい。華輪さんは脅されていた。掃除屋は、殺し屋と深く結びついています。その掃除屋から頼まれたから、断りきれなかったんでしょう」

実はそれだけではないような気はしている。おそらく、もっと重要な何かを握られている。そうでなければ、華輪が従うはずがない。だが、その事については黙っておいた。

東馬が言う。

「という事は、犯人は、葬儀屋の掃除屋か」

御堂はこくりと一つ頷く。

「お前、掃除屋の顔を知っているのか？」

「いえ、実際に会った事はありません。ですが、葬儀屋の掃除屋ならばどこにいるのか見当はつきます。先程の電話から考えると、犯人はこの病院のどこかにいる。そして、近くに華輪さんもいるはずです。華輪さんを隠しておける場所で、葬儀屋が自由に出入りできるのは、この病院には一つしかない」

御堂はそう言って地下のボタンを押す。

そこには、遺体安置所があった。

14

遺体安置所の扉を勢いよく開ける。

そこには、予想通り喪服を着た男が立っていた。そして、アルミの台の上には、華輪が眠っている。

喪服の男には見覚えがある。あの巽円香に声をかけていたスキンヘッドの男だった。

スキンヘッドの男は言う。

「その顔を見ると探偵を殺してきたというわけでもなさそうだな」

声は地声であったが、その口調は電話で聞いた連続殺人犯そのものだった。

東馬が呟く。

「……こいつが葬儀屋の掃除屋」

御堂は、華輪に駆け寄ろうとしたが、スキンヘッドの男が素早く銃を取り出しこちらに向けた。

「大丈夫、まだ生きているよ」

そう言ってスキンヘッドの男は華輪の頬を叩く。

華輪は、「んっ」と声を漏らし、ゆっくりと瞼を開く。そして、御堂に気づくと「禅君！」と叫んだ。声が遺体安置所の中を響き渡る。

さらに、華輪は、上空に浮かぶ東馬と目をあわせると、ホッとした顔を作る。

「ごめんね、こんな事になっちゃって。わたしがもっと早く手を打っていれば」

「勝手に話すな」

とスキンヘッドの男が、華輪に銃を向ける。

御堂は、スキンヘッドの男を改めてじっくりと観察した。年齢は、三十代前半といったところだろうか。目は大きいが水晶玉のように虚ろで、獰猛(どうもう)な爬虫類(はちゅうるい)を連想させる。

　率直にいって気味の悪い男だった。それはそうだろう、表でも裏でも死体を扱う仕事をしているのだ。こんな顔になるのも無理はない。

　スキンヘッドの男は、御堂に対して改めて銃を向ける。

　御堂は、何も持っていない。この距離ならば、隙を作らねばやられてしまう。

　御堂はスキンヘッドの男を見つめたまま言う。

「僕は、探偵を殺し損ねました。ですが、探偵はいまだ目を覚まさない。どうしてだか分かりますか？」

　スキンヘッドの男は困惑した表情を浮かべる。

「なんの話だ？」

「怪談話ですよ。信じられないかもしれませんが、今僕には探偵の生霊がとり憑いているんです」

　はっ、とスキンヘッドの男が笑う。全く信じていないようだった。

　――まぁそれはそうだろう。

　御堂は、スキンヘッドの男を睨みながら続ける。

「ほら、隠しカメラで見ていたんでしょ。僕は独り言を呟いているように見えませんでしたか」

さらに、視線はそのままで東馬に指示を出した。

「東馬さん、こいつの体に潜って、持ち物を調べてみてください」

東馬が声を弾ませる。

「あれ、今俺の事、東馬さんって言った？」

「この複雑な状況で指示を出すためですよ。早くしろ、嫌われ探偵！」

御堂は、余裕がないため思わず汚い言葉遣いをしてしまう。

「しょうがねぇな」

東馬はそう言って、スキンヘッドの男の体に頭を突っ込む。

「あぁ、こいつもう一つ銃を持っているな。スーツの右側の内ポケットに差している」

御堂は、そのままスキンヘッドの男に言う。

「あなたがスーツの内側の右ポケットに銃を隠し持っていると探偵は言っています」

スキンヘッドの男は少しだけ動揺を顔に出す。

――もう少しだ。

「ちなみに生霊は、人に触れる事もできます。東馬さん、この男の体を羽交い締めにしてください。今です！」

もちろんそんな事はできない。だが、スキンヘッドの男は一瞬だけ振り向いた。

その瞬間、御堂は飛び出していた。

スキンヘッドの男の手を勢いよく叩き銃を落とすと、肘をこめかみに叩きこむ。

「うぎゃ」と情けない声を漏らすと、スキンヘッドの男は倒れる。

御堂は、男に馬乗りになると、スーツの内ポケットに入れていたもう一つの銃も取り出し、投げ捨てる。そして、男の頭を両手で掴む。

そのまま親指を大きな瞳の前に持ってくる。このままねじ込んでいけばすぐに殺せる。だが、スキンヘッドの男は、いまだ余裕の笑みを浮かべ、御堂を見つめていた。

「やれるもんならやってみろ。でもお前が知らなきゃいけない事が、一生闇に葬られるぞ」

「……どういう意味だ？」

「どうして華輪が、俺の言う事を聞いたか分かるか。俺が、お前に秘密を話すぞと脅したからさ」

華輪が叫ぶ。

「禅君、そいつの言う事は聞かなくていい。早く殺して」

だが御堂は、手を動かす事ができない。

「――秘密ってなんだ？」

「初代シルバーチップの事だよ」

親指を眼球に近づける。「早く言え」

「生きているのさ。華輪の父親が偽装したんだ。俺も手伝ったから間違いないよ」

スキンヘッドの男はへらへらと笑う。

思わず華輪に目を向ける。

「本当ですか？」

華輪が、涙声で訴える。

「禅君、ごめん。どうしても禅君に言わないでくれって言われていたの。あの人はもう殺す事に疲れて、この業界から逃げ出したの。そうよ、まだ生きている」

――そうか、あれを聞いたときまだ華輪とは、パートナーになっていなかった。だから、華輪は嘘を吐けたんだ。

と、一瞬ではあったが、隙を作ってしまった。

しまったと思ったときには、スキンヘッドの男は、床に落ちていた銃を掴んでいた。

その柄がこめかみに当たる。

御堂の視界は、グニャリと歪み、そのまま真っ暗になっていく。

15

葬儀屋の掃除屋は、立ち上がると、禅を一度蹴りつけ、銃口を向けなおした。

華輪が、必死でもがいて拘束を振り解こうとしながら、叫ぶ。

「やめて！」

葬儀屋の掃除屋は笑う。

「まぁ、男だけど、こいつ意外と綺麗な顔をしているし、ギリギリセーフって事で」

そう言って引き金に手をかける。

もはや、迷っている暇はなかった。


——宙を浮いていた俺は、即座に禅の体に入る。


すぐにあの感覚が襲ってくる。禅の体が抱える痛み。それだけではない、禅の魂に俺の体が溶けていく、あのなんともいえない感覚……。

だが、俺はそれを堪えると、咄嗟に禅の頭を動かした。

銃声とともに、それまで禅の頭があった場所に、銃弾がめり込む。

――なんとか避けられたらしい。

さすが名探偵様だ。まぁ、自分の体のときにできていれば、こんな事にはなってい
なかったわけだが。

葬儀屋の掃除屋は、元々大きく開いていた目をさらに一段階大きく開いた。禅なら、
ワニの目に似ていますねとか言って、ワニの知識を話しだすところだろう。

華輪も驚いた顔をこちらに向ける。

「あなた、入ったの？」

――どうやら、俺がとり憑いた事に気づいたようだ。

「あぁ、そうだよ。嫌だったがな」

俺はそう言って、落ちていたもう一つの銃を取り上げ、葬儀屋の掃除屋に向ける。

葬儀屋の掃除屋は言う。

「なんだお前は、どうして目を覚ませられる。化け物かよ」

俺は鼻で笑ってやる。

「名探偵様だよ。よし、最近できた決め台詞を言っといてやる。お前の頭の中は――」

と、葬儀屋の掃除屋が持つ銃から火が上がる。

「あぶねっ」と俺は、咄嗟に避ける。

なかなかついているらしい。いや、自然とこの体が反応したのか。
――さすが、禅といったところか。
もう、何も言わないでおこう。
俺は、改めて、葬儀屋の掃除屋に銃を向けた。そして、自分に問いかける。
――撃てるか？
俺は、小説に出てくるハードボイルドな探偵ではない。銃なんて撃った事はない。
だが、今は撃てる。
禅を殺させたくないから。禅にこいつを殺させたくないから。
――俺ならできるはずだ。
銃を撃つ。大きな銃声。強い反動とともに、銃から弾丸が放たれる。
それは、葬儀屋の掃除屋に直撃した。
あ、あ、と声を漏らすと、男は撃たれた箇所を押さえ、ばたりと倒れた。
手はまだ震えていたが、どうやら上手くいったらしい。
俺は、そのまま、華輪の拘束を解く。
華輪は言う。
「なかなかやるじゃない。あれ、狙ったの？」

俺は余裕をもって笑った。

「当たり前だろ」――まぁ、嘘だ。かなり一か八かだった。

と、胸に激しい痛みが走る。俺の魂が禅の魂に飲みこまれようとしていた。膝ががくりと折れそうになったが、華輪が支えてくれた。香水のいい匂いがする。

「ねぇ探偵さん。もう少し耐えられる？　禅君の体を借りているうちに、自分の体に戻りに行けば」

たしかに、俺の体がどこにあるのかは把握した。もう一度、あの階に行く事は難しいかもしれないが、一つ下の階の自分の体があるところのちょうど真下まで行けば、そこから再び生霊になって体を透過させ元の体に戻る事は可能かもしれない。だが――。

「お前らは、それでいいのかよ。俺は、お前たちの事を何から何まで知っちまったんだぞ」

「それは、大丈夫よ。もう一つのルールが残っていたでしょ。元の体に戻っても、生霊のときの記憶は何も覚えていないの」

「なるほどな」

と俺は思わず笑ってしまう。という事は、この殺し屋と過ごした間の事は全部忘れてしまうという事か。

「お前、なかなか策士だな。全部計算ずくだったのか？」

「まぁ、そんな事はどうだっていいじゃない。わたしたちは、もうあなたを狙うのをやめるわ。あなたもわたしたちの事を忘れる。それで、いいでしょ」

「でも、こいつは眠ったままだぞ」

「そっちのほうがいいでしょ。あなたたちにお別れの挨拶は似合わないわ。なんと言っても——探偵と殺し屋なんだから」

またしても笑ってしまう。たしかにそうだ。

俺は覚悟を決め、華輪の肩を借りてエレベーターに向かった。

禅の体に向けて「じゃあな」と呟いて。

エピローグ

EPILOGUE

朝七時半、御堂は携帯電話から流れるエリック・サティの音楽で目を覚ます。

なんだか、久しぶりに熟睡したような気がする。

そのまま音楽を流しながら、二十七あるチェック項目を一つずつ丁寧に確認する。

そして、それが終わると洗面台に行き顔を洗い、やかんで温めた白湯を一杯飲み、入念なストレッチを始める。

さらに——テレビをつける。

これは、新たに組みこまれたルーティーンの一つだった。

今日の話題も、スキンヘッドの男の謎についてだ。匿名(とくめい)の情報により、男は何件もの行方不明事件に関わっている事が警察により証明されていた。

だが、男から事情を聞く事はできない。男は、今病院で眠っているからだ。

それが奇遇にも、東馬と全く同じ場所を撃たれたというのだから、世間は不思議がっている。東馬の呪いという者までいる。

それはあながち間違いではないかもしれない。撃ったのは紛れもなく東馬なのだから。

ニュースが変わり、その東馬の姿が映し出される。隣には東馬の母も同席している。

東馬が笑顔で言う。

「手術は無事成功しました。全ては、お母さんが大事な臓器を提供してくれたからです。ありがとう、お母さん」

と、耳元で声がする。

「まるで、人が変わったようだな」

空耳ではない。御堂のすぐ隣に浮かんでいる東馬の声だった。

今でも御堂の隣には、体の透けた東馬がプカプカと浮かんでいた。

東馬は、結局体に戻る事はできなかったのだ。その理由を華輪はこう説明した。

『あなたも禅君の体に入ったから分かるでしょ。元の魂がそこにあると、長く入っている事はできない。でもね、そこに魂が入っていなければ、別なのよ』

そうだ。スキンヘッド男は——東馬と全く同じ場所を撃たれ、今も眠っているのだ。

電話が鳴る。華輪からだった。

どうやら『殺さない殺し屋』というのは、なかなか需要があるらしい。殺して欲しいが殺さずに問題が解決するのならばそれに越した事はない。そんな考えの人間が、華輪に依頼を持ってくるのだ。

東馬が言う。「さぁ、行くか相棒」

御堂は、抑揚のない声で答える。

「いつからあなたは相棒になったんですか？」と。

あとがき

どうも、真坂(まさか)マサルです。電撃文庫(でんげきぶんこ)とメディアワークス文庫(ぶんこ)を行ったり来たりしていますが、今回はメディアワークス文庫となりました。メディアワークス文庫では、三冊目になります。

さて、今作ですが、一風変わった探偵と殺し屋のバディ物です。

わたしは執筆中、常に頭の中で映像を浮かべながら書いているのですが、その絵は作品によって、アニメであったり実写であったりします。今回は、あらすじが思いついた瞬間から実写でした。具体的に、実在の俳優（誰かは書きませんが）を勝手に思い浮かべ、キャスティングしました。ですので、自分でいうのもなんですが、連続ドラマのような話になったのではないかと思っています。

ところで、主人公とその相棒が男同士という組み合わせは、初の経験でした。特別意識したわけではないのですが、過去作は全て男性と女性の組み合わせだったんです。

いざバディ物を書いてみて分かったのですが、男同士だと、基本的には互いのプライドがぶつかりあって上手くいかないときのほうが多いんですが、ふとした瞬間に、称(たた)えあったりもするんです。それは、愛情でも友情でもない不思議な感覚で、書いていてすごく楽しかったです。

ですので、二人の掛け合いを楽しんで貰えたらこれ幸いでございます。


はい、という事で、ここからは謝辞を。

今回も、優しく私を導いてくれた担当の清瀬(きよせ)さん。醜(みにく)く、見にくい文章を直して下さった校閲(こうえつ)様。イラストを描(か)いていただいたほんわさん。

最後に、この本を手に取っていただいた読者の皆さま、ありがとうございました。

真坂マサル

著作リスト

アンダーワールドストリートへようこそ ～不運な女の子と呪われたボディガード～（メディアワークス文庫）
三輪ケイトの秘密の暗号表（同）
死にかけ探偵と殺せない殺し屋（同）
水木しげ子さんと結ばれました（電撃文庫）
水木しげ子さんと結ばれました2（同）
水木しげ子さんと結ばれました3（同）
魔法密売人 極道、異世界を破滅へと導く（同）

本書は書き下ろしです。

メディアワークス文庫

死にかけ探偵と殺せない殺し屋

真坂マサル

2017年11月25日　初版発行

発行者　郡司 聡
発行　株式会社KADOKAWA
〒102-8177　東京都千代田区富士見2-13-3
プロデュース　アスキー・メディアワークス
〒102-8584　東京都千代田区富士見1-8-19
電話03-5216-8399（編集）
電話03-3238-1854（営業）
装丁者　渡辺宏一（有限会社ニイナナニイゴオ）
印刷　株式会社暁印刷
製本　株式会社ビルディング・ブックセンター

ISBN978-4-04-893528-9 C0193

メディアワークス文庫　http://mwbunko.com/
株式会社KADOKAWA　http://www.kadokawa.co.jp/

本書に対するご意見、ご感想をお寄せください。

あて先
〒102-8584　東京都千代田区富士見1-8-19　アスキー・メディアワークス
メディアワークス文庫編集部
「真坂マサル先生」係

葉山透
続々重版！ 人気拡大中!!
葉山透が贈る現代の伝奇譚
この現代において、人の世の理から外れたものを相手にする生業がある。修験者、法力僧――彼らの中でひと際変わった青年がいた。何の能力も持たないという異端者。だが、その手腕は驚くべきものだった。
0能者ミナト
れいのうしゃ
0能者ミナト〈1〉～〈10〉
好評発売中!

メディアワークス文庫

新聞に掲載される妖怪記事には、優しさと温もりがありました——。

友人が怪異をネタにした新聞記事によって窮地に陥った事を知り、物申す為に新聞社に乗り込んだ香澄。そこで出会ったのは端正な顔をした記者久馬と、その友人で妙な妖しさを持つ艶煙。

彼らが作る記事の秘密とは——？

ぞわっとして、ほろりと出来る、怠惰な記者のあやかし謎解き譚。

メディアワークス文庫より発売中

発行●株式会社KADOKAWA　アスキー・メディアワークス